Zu diesem Buch

Frisch entlobt, wenn auch leider ohne eigenes Zutun, sucht die junge Drehbuchautorin Juliane Thomas Ablenkung. Freilich hatte sie dabei nicht an die Zahnarztpraxis ihres Onkels gedacht, doch bereits die beiden letzten Patienten ihres ersten Arbeitstages ändern Julianes Ansicht gründlich. Der unleidliche, von seinem Begleiter treffend «Büffel» titulierte Herr entspricht zwar wenig ihrem Geschmack, um so mehr aber der baumlange Schweizer Jean mit den zärtlichen braunen Augen; Juliane hat nicht nur Stoff für ihre Träume gefunden, sondern auch für ein neues Drehbuch, in dem sie – ein wenig voreilig – die «Zürcher Verlobung» schon vorwegnimmt. Die junge Autorin aber ist entschlossen, die Wirklichkeit zu korrigieren, zumal der Regisseur Frank, noch immer so unleidlich wie auf dem Zahnarztstuhl, sie offenbar nicht ganz ernst nimmt. Über ihren verwickelten Verlobungsplänen entgeht es Juliane jedoch, daß ihre Stärke nicht eben die Regie ist. «Die Zürcher Verlobung» findet zwar statt, doch der Regisseur Frank hat nicht nur beim Film seine eigenen Vorstellungen, wenn es um Happy-End geht. – Ein beschwingter, lebensfroher Roman, mit Liselotte Pulver und Bernhard Wicki in den Hauptrollen erfolgreich verfilmt.

Die Berlinerin Barbara Noack, nach Studien in verschiedenen Berufen tätig, begann «zwischen hastigen Kündigungen und dem langen Warten auf neue Arbeitsplätze» zu schreiben. Zu den bekanntesten Büchern der erfolgreichen Autorin gehören – neben dem vorliegenden Roman – «Ein gewisser Herr Ypsilon» (rororo Nr. 1646), «Eines Knaben Phantasie hat meistens schwarze Knie» (rororo Nr. 1681), «Valentine heißt man nicht» (rororo Nr. 1701), «Italienreise – Liebe inbegriffen» (rororo Nr. 1726), «Geliebtes Scheusal» (rororo Nr. 1792), «Was halten Sie vom Mondschein?» (rororo Nr. 1901), «Danziger Liebesgeschichte» (rororo Nr. 1858) und «...und flogen achtkantig aus dem Paradies» (rororo Nr. 1992).

Barbara Noack

Die Zürcher Verlobung

Roman

Rowohlt

Umschlagentwurf Beate Rebhuhn

1.– 30.	Tausend	Mai 1973
31.– 40.	Tausend	September 1973
41.– 50.	Tausend	Januar 1974
51.– 65.	Tausend	April 1974
66.– 85.	Tausend	Oktober 1974
86.–105.	Tausend	Juli 1975
106.–125.	Tausend	März 1976
126.–145.	Tausend	März 1977

Ungekürzte Ausgabe
Veröffentlicht im Rowohlt Taschenbuch Verlag GmbH,
Reinbek bei Hamburg, Mai 1973,
mit Genehmigung des Blanvalet Verlags

Satz Aldus (Linofilm-Super-Quick)
Gesamtherstellung Clausen & Bosse, Leck/Schleswig
Printed in Germany
380-ISBN 3 499 11611 1

FÜR IHN

er weiß schon, wen ich meine

Erstes Kapitel

Es begann am 7. Oktober, morgens halb acht. Himmel gab es an diesem Tag nicht, nur eine dichte graue, feuchte Wolke, die sich selbst zu schwer war und darum auf die Erde stippte.

«Wie damals in London», sagte Onkel Julius, der keine Gelegenheit ausließ, seine im Vorjahr unternommene Englandreise zu erwähnen.

Die Autos schlichen so vorsichtig und ruckweise über den Damm wie die Schmuggler in der Oper «Carmen», die ich eine Woche zuvor gesehen hatte. Sie hupten in einem fort – die Autos meine ich – und enttäuschten meinen Onkel, weil er sie noch immer schemenhaft im Nebel erkennen konnte. Es war eben doch nicht ganz so wie in London.

«Da habe ich nicht einmal die Hand vor Augen sehen können!»

Tante Sophie dagegen behauptete, er habe zwar die Hand, nicht aber den Ehering daran gesehen, und Onkel Julius widersprach nicht. Er befand sich bereits in einem Alter, in dem ihm eine solche Beschuldigung nur schmeicheln konnte.

Übrigens war er schlechter Laune an diesem Morgen. Schuld daran war der unvollkommene Nebel, der immerhin ausreichte, Tante Sophie mit Herzbeschwerden und einem Roman aus der Leihbibliothek ans Bett zu fesseln – was wiederum den Mißmut meines Onkels vertiefte. Er schätzte keine leidenden Frauen – außer jenen, deren Schmerzen ihm als Zahnarzt Geld einbrachten.

Den Schuß Öl, der seinen leise schwelenden Ärger hell auflodern ließ, goß seine Assistentin telefonisch auf: sie entschuldigte sich mit einer Grippe.

Gleich zwei leidende Frauen, das war zuviel. Sein brotkrümelspukkender Zorn fiel auf Hulda, die den Kaffeetisch abräumte, und mich, seine liebe Nichte-auf-Besuch. Er erinnerte sich jedoch rechtzeitig daran, daß wir beide sozusagen die letzten Karyatiden waren, die das Gebäude seiner häuslichen Ordnung stützten. Wenn wir auch noch ausfielen – nicht vorzustellen!

Bei Karyatide Hulda lenkte er mit einem laschen Klaps unterhalb ihres auf dem Rücken gebundenen Schürzenbandes ein. Mir näherte er sich mit der Feststellung:

«Neblig heute, was?»

«Fast so schlimm wie damals in London», seufzte ich und legte meine Serviette zusammen.

«Wenn ich nur wüßte, woher ich so schnell eine neue Assistentin bekomme! Schneider – (das war sein Techniker) – hat mit dem Gebiß von Frau Sieblig zu tun. Sie kommt um elf zur Anprobe. Hulda ist gänzlich ungeeignet. Hm –» Er sah mich scharf an und rieb sein Kinn mit Mittel- und Zeigefinger. Und ich verstand.

«Wenn dir etwas an einer assistentiellen Attrappe gelegen ist, bin ich gern bereit.»

«Was soll das heißen?» fragte er gereizt.

«Das soll heißen, daß ich mich mit fachkundigem Gesicht neben den Behandlungsstuhl stelle und so tue als ob.»

«Wenn du unbedingt willst.» Das war genau die Antwort, die ich auf mein generöses Angebot nicht erwartet hatte.

Unser erster Patient war ein Herr Alfons, Buchhalter mit Kassenschein und schmerzendem linkem Augenzahn.

Herrn Alfons' Miene – männlich gefaßt, doch transparent: sein aufgewühltes Seelenleben schimmerte deutlich durch – zeugte davon, daß er nicht zum erstenmal beim Zahnarzt war. Man mochte ihm so manche Erfahrung eingebohrt haben. Ich war auch nicht so ganz ohne Erfahrung, denn acht Zahnärzte hatten mein Eßzimmer mit vierzehn schönen Plomben ausgepolstert. Das heißt: der erste war kein Zahnarzt gewesen, sondern ein Onkel Doktor, weil er mir noch nicht weh zu tun brauchte. Er besaß einen Papagei, der Dr. Coué hieß und in dem Augenblick, da ich auf dem Behandlungsstuhl in die Höhe getreten wurde, «Tutnichweh – tutnichweh» krächzte. Später sang er «Gloria Victoria» zwei Strophen lang. Leider wanderte Dr. Coué samt Herrchen in die Schweiz aus, und man brachte mich zu einem Zahnarzt, der zwar keinen Papagei, dafür aber einen Tatterich besaß. Dieses interessante Leiden wäre vielleicht ein ebenbürtiger Ersatz für Dr. Coués Vorträge gewesen, hätte der Bohrer nicht auch getattert. Er tatterte in meinen Gaumen, wo er gar nichts zu suchen hatte, und ich begann zu ahnen, welche Gefühle die meisten Menschen mit dem Begriff Zahnarzt verbinden. Ich ging nicht wieder hin, weder für Kokosflocken noch für Abziehbilder oder Prügel.

Als man mich ins Sprechzimmer des dritten med. dent. schleifte, fiel mir Gott sei Dank der Ratschlag ein, den mir mein Vater einmal gegeben hatte: «Hast du auch noch soviel Angst, heule nicht! Beiß lieber die Zähne fest zusammen.» Das tat ich denn auch, und es erwies sich als erfolgreich. Ich konnte ungebohrt nach Hause gehen und nahm außerdem noch die beruhigende Zusicherung mit, daß dieser Zahnarzt mich nie mehr zu sehen wünschte.

Der nächste – ein freundlicher alter Herr – wurde telefonisch auf mich vorbereitet. «Wenn's weh tut, sagst du einfach ‹Au›, dann höre ich sofort mit dem Bohren auf.» «Aua», sagte ich prompt. Trotzdem – weiß der Himmel, wie – schwatzte er mir drei Zahnplomben ab. Danach starb er. Aber das war gewiß nicht meine Schuld.

Mit seinem Nachfolger schloß ich ein Abkommen. Er mußte versprechen, nicht mehr als dreimal zehn Sekunden lang zu bohren, und ich versprach, weder vom Stuhl zu rutschen noch mit den Füßen seinen studierten Bauch zu malträtieren oder nach dem Bohrer zu fassen, wenn's weh tat.

Jedoch – er wurde vertragsbrüchig und somit ich auch. Es nahm kein gutes Ende.

Dann geriet ich an einen Dentisten. Von ihm stammten der Stiftzahn oben links, die Zahnlücke hinten rechts und zwei Plomben . . . schließlich war er früher in einer Irrenanstalt tätig gewesen.

Kein Zahnarzt hat mich so standhaft erlebt wie der nächste. Aber das kam auch bloß, weil ich verliebt in ihn war. Und in diesem blödsinnigen Zustand erträgt man Unmenschliches. Es wurde nichts aus uns, weil ich eine lebhafte Phantasie habe. Ich stellte mir vor, er würde meinen Mund küssen, den er schon etliche Male mit Spiegel, Bohrer und Daumen inwendig untersucht hatte. Er würde dabei genau wissen, wo eine Plombe oder Lücke – es ging wirklich nicht. Nach diesen Überlegungen war ich nicht mehr verliebt, und aus war's mit der Standhaftigkeit. Onkel Julius war der achte, dem ich mich auslieferte. Aber ich rate Ihnen, gehen Sie niemals zur Verwandtschaft! Die führt eine Zahnbehandlung so aus, als ob sie von vornherein wüßte, daß die Rechnung doch nicht bezahlt wird.

Während Onkel Julius bei Herrn Alfons bohrte, machte dieser weite Nüstern vor Angst. Seine Augenlider flatterten wie aufgeregte Fledermäuse.

«Nur ruhig Blut», sagte ich und legte meine Hand auf seine Schulter.

Bei dieser Gelegenheit bemerkte Onkel Julius meine lackierten Nägel. Er machte ein Gesicht, als ob er ein Aspirin kaue.

«Ausspülen», bat ich Herrn Alfons, als Onkel Julius die Bohrer wechselte.

Nachdem er gründlich gegurgelt und gespuckt hatte, sah er mich scheu an. «Fräulein, muß noch viel gebohrt werden?»

«Nein.» Er tat mir so leid. «Das war das letzte Mal. Sie Armer! Ich weiß es aus eigener Erfahrung, Zahnärzte sind ...»

«Mund auf!» knirschte Onkel Julius dazwischen.

«Aber das Fräulein hat gesagt ...»

«Das Fräulein hat hier gar nichts zu sagen!»

Als Herr Alfons ging, schüttelte er meine Hand wie einen Mixbecher. «Ich danke Ihnen auch schön, Sie waren so nett!»

Bei Onkel Julius bedankte er sich nicht. Der saß am Schreibtisch und notierte mit spritzender Füllfeder etwas in seinem großen Buch.

«Kein Wunder, daß Jürgen dir untreu geworden ist», brummte er, ohne diese Behauptung näher zu erklären.

An der Wohnungstür hatte es inzwischen dreimal geläutet, und dreimal hatte Hulda einen Patienten ins Wartezimmer geführt. Aber ehe nach Herrn Alfons der «Nächste, bitte» in die weiße, blitzende Hölle eingelassen wurde, vergingen einige Minuten, in denen ich auf Onkel Julius' Geheiß Nägel schneiden und ablackieren mußte.

Dann öffnete ich die Tür zum Wartezimmer und sah *ihn*.

Mein erster Gedanke war: Wenn Onkel Julius diesem Mann weh tut, werfe ich ihn aus seiner eigenen Praxis oder halte meine Zähne für «den da» zum Bohren hin. Aus dieser spontanen Opferbereitschaft kann man ersehen, daß ich vom ersten Augenblick an in ihn verliebt war.

Das fiel übrigens nicht schwer, denn er sah blendend aus. Er war eine Mischung aus kraftvoll-antiker Schönheit und elegant-überzeichneter Figur aus dem Herrenjournal. Und sein Anblick erinnerte mich daran, daß ich schon seit einer Woche dringend zum Friseur mußte, aber nicht dazu gekommen war. Sein Anblick erinnerte mich an meine eigene Unvollkommenheit.

«Der Nächste bitte», sagte ich verwirrt.

Neben ihm saß ein Mann mit vorgebeugtem Rücken und in die Wangen gebeulten Fäusten. Dem tippte er freundlich auf die Schulter. «Es ist soweit, Büffel.»

Herr Büffel grunzte etwas Unfeines und erhob sich. Er blickte mich voll Abwehr an, und ich ahnte sofort: Das war kein scheuer Alfons. Bei dem konnte ich meine Gute-Engel-Tour nicht anwenden. Wir beide würden nicht einmal lauwarm miteinander werden.

«Soll ich mit reinkommen, Büffel?» fragte sein Freund.

«Ach, laß nur», sagte der und ging mit geradezu pathetischer Kaltblütigkeit an mir vorbei auf Onkel Julius zu.

Sein Freund lächelte ihm halb mitleidig, halb amüsiert und auf jeden Fall erleichtert nach, weil er nur die schmerzlose Begleiterrolle zu spielen brauchte. Ich bedauerte diese Tatsache, denn so kam ich um den Genuß, mich als schützenden Engel vor ihn zu stellen, und würde nie erfahren, ob sein prächtiges Gebiß natürlich oder teuer war.

«Juliane», rief Onkel Julius. Ich zog die Tür hinter mir zu und band Büffel ein Papierlätzchen um.

Mein Onkel beugte sich über ihn. «Seit wann haben Sie die Schmerzen?»

«Seit einer Woche ungefähr. Aber heute nacht wurden sie unerträglich. Ich bin die Wände hochgegangen. Fragen Sie meinen Freund.»

«Gern.» Ich wollte zur Wartezimmertür eilen, aber Onkel Julius rief mich barsch zurück.

Er schob seinen kleinen Spiegel in Büffels skeptisch verzogenen Mund. Ich schaute mit hinein. Er hatte ein paar beachtliche Ruinen in der Backe und roch nach Cognac. Onkel Julius klopfte die Ruinen ab.

«Es ist der Weisheitszahn. Eine Behandlung lohnt bei ihm nicht, er ist durch und durch morsch. Wir ziehen ihn am besten gleich.»

«Gleich?» Herr Büffel biß vor Schreck auf den Spiegel.

«Mach die Spritze fertig, Juliane.»

Ich lächelte nur.

«Ach so», brummte Onkel Julius, der vergessen hatte, daß ich eine Attrappe war.

Herr Büffel richtete sich im Stuhl auf. In diesem Augenblick, kurz vor dem Verlust seines Weisheitszahnes, wirkte er zugleich feige und gewalttätig. Das Lätzchen unter seinem Kinn war das einzig Vertrauenerweckende an ihm.

Onkel Julius hielt die Spritze gegen das Licht, dann sagte er zu dem ausgewachsenen Mann auf dem Tretstuhl: «Es tut nicht weh. Nun machen Sie den Mund hübsch weit auf – so, na also. Brav. Ich gebe Ihnen gleich noch eine Spritze. Nein, nein, diesen Einstich spüren Sie gar nicht mehr.»

Büffel lag lang und ganz still im Stuhl, die Hände um die Lehnen gekrampft. Aber es war eine scheinheilige Stille. Unsere Katze bediente sich solcher Stille, um in aller Ruhe zum Sprung auf eine Maus anzusetzen. Fünf Minuten später kam das Drama.

Die Weisheitszähne wohnen sozusagen draußen vor der Stadt. Sie sind die letzten Gebäude in der Zahnstraße und von der Zunge mühsam zu erreichen. (Versuchen Sie's mal!) Bei Herrn Büffel bestand das Gebäude der Weisheit oben rechts nur noch aus einer morschen Seitenwand. Sie bot der Zange keinen Halt.

Es knirschte leise, Onkel Julius ruckte kräftig – und Büffel stieß ihm mit solcher Wucht gegen den Magen, daß mein Onkel mit Zange und einem blutigen Fragment daran gegen den Bohrapparat taumelte.

«Sind Sie wahnsinnig?» schrie er.

Ich blickte voller Sensationslust auf die beiden Männer, die drohend die Köpfe zwischen die Schultern zogen und sie gleich darauf an erstaunlich langen Hälsen gegeneinander vorschnellen ließen. Und dann brüllten sie sich fürchterlich an. Ein Glück, daß die Tür zum Wartezimmer gepolstert war. Das Geschrei hätte dem Renommee meines Onkels als Zahnarzt sehr geschadet.

«Idiot! – Schinder!» nannten sie sich und noch eine Menge harter Ausdrücke mehr.

«Vielleicht haben die Spritzen nicht gewirkt?» schrie ich dazwischen. «Hatten Sie Schmerzen?»

«Schmerzen? Nein, aber der Kerl hätte mir um ein Haar den Kiefer gebrochen!» Büffel brüllte mit schiefem Mund – wegen der tauben Backe.

Ich wählte bedacht den Umweg über den Flur zum Wartezimmer. Bei meinem Anblick hoben acht Leute die Köpfe von den zerlesenen Illustrierten und sahen mich voll unbehaglicher Spannung an. Ein kleines Mädchen verkroch sich hinter dem Rücken seiner Mutter. (Ob vielleicht doch einige unerfreuliche Worte durch die Polstertüren gedrungen waren?)

«Würden Sie, bitte, zu Ihrem Freund kommen?» fragte ich Büffels schönen Begleiter. «Nein – hier herum.»

«Lebt er noch?» flüsterte er, als wir den Flur erreichten.

«Und wie! Es ist noch nicht heraus, ob er meinen Onkel oder mein Onkel ihn umbringen wird. Ich bat Sie hier lang, damit die anderen nicht ihr Gebrüll hören.»

Seine Schlipsklammer, die in meiner Blickrichtung lag, zitterte auf und nieder; so sehr lachte er, als ich ihm in Telegrammkürze das bisher Vorgefallene erzählte.

Ehe wir die Kampfstätte betraten, legte sich seine Hand auf meinen Arm. «Beurteilen Sie den Charakter meines Freundes nicht nach seinem Benehmen auf dem Behandlungsstuhl. Ohne Zähne wäre er ein sehr netter Mann.»

Meine Blicke fuhren drei Stockwerke hoch zu seinen Augen. Es waren gutmütige, zärtliche braune Augen – und das Grübchen in seiner Wange tat das übrige.

Ich hatte genau das Herzklopfen überall im Körper, das mein Verlobter a. D. drei Jahre lang an mir vermißt zu haben behauptete.

Es herrschte Grabesstille, als wir das Sprechzimmer betraten. Doch beide lebten, Büffel mit folgsam aufgerissenem Mund im Behandlungsstuhl und Onkel Julius über ihn gebeugt.

«Ha-hi-hu-hi?» lallte ersterer, als er seinen Freund plötzlich neben sich sah.

«Was Sie hier wollen», dolmetschte mein Onkel.

«Du sollst randaliert haben, Büffel, und da wollte ich –»

«Aber wo –» wehrte Onkel Julius ab. «So schlimm war das gar nicht. Da hat meine Nichte sicher übertrieben.» Und Büffel nickte zu seinen Worten.

Am liebsten hätte *ich* jetzt den Kopf zwischen die Schultern gezogen und drohend gegen die beiden vorschnellen lassen, aber ich konnte mich nicht entschließen, gegen wen zuerst, und darüber verrauchte mein gröbster Ärger.

«Hier sind schmerzstillende Tabletten, die nehmen Sie ein, wenn die Wirkung der Narkose nachläßt», sagte Onkel Julius, als Büffel seinen flachen Hut aufstülpte.

Sein Freund gab mir zum Abschied die Hand und lächelte auf mich nieder – und ich überlegte, ob er von Natur aus zu allen Frauen so herzlich war oder nur in speziellen Fällen. Noch nie hatte ich mir so sehr gewünscht, ein spezieller Fall zu sein. Der war ich eigentlich nur auf der Schule gewesen.

Sie gingen.

Onkel Julius setzte sich an seinen Schreibtisch, zündete eine Zigarette an und trank seine Tasse Nescafé, die Hulda ihm jeden Morgen gegen zehn Uhr zu bringen pflegte. Ich stand indessen am Fenster und blickte auf die beiden Hüte, die gerade aus der Haustür kamen und auf eine schwarze Limousine zugingen.

«Julchen», sagte Onkel Julius hinter mir. Ich wandte mich um. Er saß zurückgelehnt in seinem Armstuhl und sah wie die Generaldirektoren der Leinwand aus, die in sozialkritischen Filmen meist einen schlechten Charakter und in Gesellschaftsfilmen eine Tochter haben, die ihnen im Reitdreß auf die Schulter tippt und «Hallo Paps» sagt.

«Julchen –» Er verrührte den Zucker in seiner Tasse. «Falls du etwas Wichtiges vorhaben solltest, so laß dich nicht davon abhalten. Ich komme ganz gut ohne dich hier aus.»

In diesem Augenblick brummte vor dem Hause ein Motor auf. Meine Ohren folgten dem Geräusch, bis es in der Ferne verstummte.

Wenn ich dem Spiegel und den gutgemeinten, vielleicht auch ehrlichen Komplimenten anderer glauben durfte, so war ich eigentlich hübsch. Doch eine Frau, die ihre Verlobung nur mit drei minus (diese Note bekam ich in der Schule, wenn ich nicht aufgepaßt hatte; bei Jürgen hatte ich auch nicht aufgepaßt) absolviert hat und ihre Zukunftshoffnung an eine andere Frau abtreten mußte, bekommt Komplexe.

Karin hieß die andere. Im Vergleich zu ihr fühlte ich mich alt. Ich war ein kleines bißchen über fünfundzwanzig – genauer gesagt: ich sollte im nächsten Monat dreißig werden. Karin aber sonnte sich geradezu aufdringlich in einer Jugend, an der sie genauso unschuldig war wie ich an meiner Leider-Fortgeschrittenheit.

Sie hatte betörend schwarzes Haar, gegen das meine Blondheit fad und ausgeblichen wie ein Bußtagshimmel wirkte. Sie konnte Hemden bügeln, ich nur mit Kniffen. Sie besaß einen vermögenden Vater und ich bis dato einen Verlobten, der sich einmal während einer turbulenten Unterhaltung als meine «finanzielle Fehlkalkulation» bezeichnete, eine Häßlichkeit, für die er sich später mit einem Blumentopf entschuldigte. Karin hielt immer im richtigen Augenblick den Mund, ich erst erschrocken hinterher. Sie ließ sich von Horn anziehen – mir fehlte stets das Anhängsel am Mantelkragen.

Unsere gemeinsamen Freunde behaupten, ich verfüge über einen besseren Charakter als sie. Aber ich hab's nicht gern, wenn man vor allem meinen Charakter bei der Aufzählung meiner Qualitäten erwähnt. Denn im Rennen um einen Mann – wann hat da schon der Charakter vor der Schönheit gesiegt?

O ja, Karin hatte mir so peu à peu eine Menge Komplexe eingelöffelt. Doch an diesem Vormittag traten sie den Rückzug an. Ich war versöhnt mit meinem unvollkommenen Ego, und das war das Werk von zwei zärtlichen braunen, in Turmhöhe angebrachten Augen, die Büffels Freund gehörten.

Er hatte mir gut getan, auch wenn ich ihn nicht wiedersehen sollte.

Ich war wieder jung, hübsch, mit Vergnügen blond und fähig, mich zu verlieben.

«Fräul'n Thomas», rief Hulda vor meiner Tür. «Telefon für Sie. Ein Herr Kolbe. Herr Doktor hat ins Wohnzimmer umgestellt.»

Herr Jürgen Kolbe, das ist der nämliche Herr, mit dem ich drei Jahre lang umsonst verlobt war, und sein unerwarteter Anruf konnte mir nicht mehr als ein schwaches Wundern an diesem Tage abringen.

«Ich habe geschäftlich in Berlin zu tun», sagte er, und ich fühlte einen menschlichen Stich in der Brust: Jahrelang hatte die Pleite zärtlich an Jürgen festgehalten, so fest, daß wir nicht heiraten konnten. Mit Karins Eintritt in unser Leben hatte auch Jürgens geschäftlicher Aufstieg als Vertreter für pharmazeutische Firmen begonnen. Er verdiente immer besser, und ich hatte nichts mehr davon.

«Was macht Karin? Ist sie auch hier?»

«Nein», sagte er, «aber sie läßt dich grüßen.»

«Sehr aufmerksam. Wann steigt denn eure Hochzeit?»

«Och, das hat noch Zeit», sagte Jürgen lahm.

Nanu, dachte ich, nanu, nanu! Es war mir doch deutlich im Gedächtnis, daß sie so schnell wie möglich heiraten wollten.

«Und wie geht's dir, Julie?»

«Danke, ich habe mich verliebt.»

Jürgen verschluckte sich erschrocken an seinem Atem. Er hustete. «Wer ist es denn?»

«Keine Ahnung», sagte ich wahrheitsgemäß, «aber er hat ein reizendes Grübchen.»

«Dann natürlich! Und seit wann schwärmst du für Grübchen?»

«Seit heute vormittag.»

«Julie», sagte Jürgen dringend, «ich möchte dich unbedingt sehen. Hast du nachmittags für mich Zeit?»

Wir trafen uns um fünf Uhr im «Bristol».

Anfangs bediente sich Jürgen im Umgang mit mir verstockter Zärtlichkeit. Er nahm es sich anscheinend übel, daß ich ihm wieder begehrenswert erschien.

«Du bist fraulicher geworden», stellte er mißgestimmt fest, «und hübscher. Das Kostüm steht dir gut. Neu?»

«Fast. Aber du wirst es kaum kennen. Ich hab's in deinem Beisein höchstens zehnmal angehabt.»

Später fragte ich ihn nach Hamburg, das ich vor anderthalb Wochen verlassen hatte, nach unseren gemeinsamen Bekannten und endlich auch nach Karin.

«Du wohnst jetzt bei ihr, nicht wahr?» Er hatte kurz nach unserer Entlobung seine schlecht möblierte Bleibe aufgegeben, um als künftiger Schwiegersohn in die Villa ihrer Eltern zu ziehen, jedoch . . .

«Ich wohne im Hotel.» Seine Augen richteten sich mit soviel tragischem Schmelz auf mich, daß mir ganz unheimlich wurde. «Ich bin heimatlos.»

«Du armer, armer Jürgen.» Es ist ein seltsam Ding, den Mann zu bedauern, der einen verlassen hat. «Warum bist du nicht zu Karins Eltern gezogen?»

«Nein», unterbrach er mich energisch, «das würde mich zu sehr verpflichten.»

«Wozu verpflichten?» forschte ich interessiert.

«Na ja –» Er schob den Aschenbecher ziellos über das Tischtuch. Und ich war verwirrt. Man darf nicht denken, daß ich begriffsstutzig bin. O nein, ich begreife eine ganze Menge. Wenn man zum Beispiel zu mir sagt: Ich möchte von dir fort, um meine ganz große Liebe zu heiraten, begreife ich das – wenn's auch schwerfällt. Wenn man mir aber nach dieser Trennung sagt: Du siehst hübsch aus, und ich möchte nichts unternehmen, was mich verpflichten könnte, meine ganz große Liebe zu heiraten, so begreife ich nichts mehr.

«Ach, Julie –» Jürgens Hand sank gleich einer schweren Last auf meine Schulter. Er seufzte aus Gemütstiefen, die ich nicht bei ihm vermutet hätte. «Ich war ein Rindsvieh.»

«Aber – aber –»

«Doch, ich war ein riesengroßes Rindsvieh.»

Selbstkritik ist gesund – sofern sie nicht ausartet. Es ist schwer, den Anfang zu ihr zu finden; wenn sie aber erst den hemmenden Damm von Stolz und Eitelkeit überwunden hat, strömt sie unaufhaltsam fort, überschwemmt alles – auch den gesunden Menschenverstand und die Grenzen des guten Geschmacks. Denn – Selbstkritik ist nicht ohne Wollust, so richtige dunkellila Wollust. Das spürte ich an Jürgens düster süchtigem Blick und dem Ton, in dem er mehrere Male wiederholte, daß er ein Rindsvieh gewesen sei, als er sich von mir getrennt habe.

Und dann kam unser Kaffee. Herr Kolbe aß trotzig Windbeutel mit Schlagsahne, und ich hatte ihn in diesem Augenblick herzlich gern.

Was er wohl für einen Eindruck auf mich machen würde, wenn ich ihm heute zum erstenmal begegnete? Ich kannte ihn zu gut – lachend, weinend, abweisend, fluchend, verkatert, liebend, schlafend –, und es gelang mir nicht, ihn objektiv zu sehen.

Er spürte meinen Blick, schob den Kuchenteller zurück und zündete – so wie in alten Zeiten – zwei Zigaretten an, von denen er eine mir reichte. Ich überlegte, ob er dazu als schuldig Entlobter noch berechtigt sei – und nahm sie. Aus langjähriger Gewohnheit.

«Julie», sagte er, «was meinst du – wollen wir's noch einmal miteinander versuchen?»

Ich nahm ein Haar von seinem Sakko und dachte an Büffels Freund.

Und lächelte wohl dabei, denn Jürgen fragte eifrig: «So ganz abgeneigt wärst du also nicht?»

«Im Augenblick bin ich gar nichts.»

«Doch –» seine Zigarette starb, jämmerlich verkrümmt, im Aschenbecher – «verliebt bist du in einen Kerl mit Grübchen. Und ich dachte, du würdest noch unter unserer Trennung leiden!»

Weder das Grübchen noch meine Leiden hätten ihn einen Deut gekümmert, wäre Karin noch immer seine ganz große Liebe gewesen.

Meine Zigarette verglomm neben der seinen. Ich hatte plötzlich eine unbestimmte Hoffnung, die mich nach Hause trieb.

Bei meinem Heimkommen saßen noch immer Patienten im Wartezimmer.

Hulda deckte im Eßzimmer klirrend den Abendbrottisch. Ich ging in den Wohnraum, der ebenso anheimelnd und gemütlich war wie Onkel Julius' Temperament. Er besaß die Ausmaße einer Leichenhalle und hatte den letzten Sonnenstrahl bei seiner Erbauung vor fünfzig Jahren gesehen. Die Wände verdüsterte reichgeschnitzte Neorenaissance, überall standen einem Bronzegriechen im Wege. Nur die Polstermöbel waren modern. Sie wirkten in diesem Raum genauso verirrt wie eine Neubausiedlung inmitten einer rußigen, alten Stadt.

Ich rettete mich zu dem einzig Lebendigen – dem Aquarium. Hinter dem dicken Glas schwammen schillernde, bizarr geformte Fischlein mit träger Eleganz und sehr viel Zeit auf und ab, standen minutenlang still und zeigten nur durch feine, aufsteigende Bläschen an, daß sie lebten. Und ich wunderte mich. Fünf von den acht Zahnärzten, die mich erleben durften, hatten Fischlein anderen Haustieren vorgezogen. Dabei waren die doch ganz und gar zahnlos – oder gerade deshalb?

Und dann klingelte das Telefon – schrill, aufschreckend, verheißungsvoll. Meine unbestimmte Hoffnung – da war sie wieder! Ich nahm den Hörer nicht ohne Spannung ab.

«Bei Dr. Wayer!»

«Ja – hier Berner. Ich rufe im Auftrage meines Freundes an.» Es war meine ziemlich bestimmte Hoffnung!

«Ich weiß schon», lachte ich und ärgerte mich, weil erregtes Lachen leicht nach Gackern klingt.

Jetzt lachte er auch, woraus ich schloß, daß er ahnte, mit wem er sprach.

«Was gibt es – Herr Berner?»

«Mein Freund ist fest entschlossen zu sterben. Im Augenblick ist er blau. Aber die Flasche Cognac hat nichts gegen seine Wundschmerzen genützt. Und Tabletten nimmt er aus Prinzip nicht. Was soll ich tun?»

«Lösen Sie ihm die Pillen, die ihm mein Onkel mitgegeben hat, in einem weiteren Glas Cognac auf. Vielleicht merkt er's nicht.»

«Weise Idee.» Seine Stimme wurde von einem gräßlichen Geschrei im Hintergrund begleitet.

«Lärmt da Ihr Freund?» fragte ich schaudernd.

«Nein, das ist nur sein Sohn.»

«Hat er auch Wundschmerzen?»

«Keineswegs. Er gebärdet sich von Natur aus so, als ob er welche hätte.»

Jetzt, da mein Interesse nicht durch sein günstiges Äußeres von seiner Stimme abgelenkt wurde, fiel mir auf, daß er in leicht umständlich-schwyzerischem Tonfall sprach. (Ich hatte bisher nicht gewußt, daß ich diesen geradezu entzückend fand.)

«Möchten Sie meinen Onkel noch sprechen?»

«Danke. Ich werde es jetzt mit den Tabletten im Cognac versuchen, und wenn er den Schwindel merken sollte –»

«Dann rufen Sie am besten noch mal an.» Das sollte wie ein unverbindlicher Vorschlag klingen, aber ich glaube, ich sprach ihn wie eine Bitte aus.

«Leider geht das nicht», sagte er. «Ich fliege noch heute abend in die Schweiz zurück.»

«So –»

Meine Stimmung sank im Nu auf halbmast.

Als ich den Hörer auf die Gabel gelegt hatte, zog es mich wieder zu den Fischen.

Tante Sophie kam im Morgenrock herein und stellte sich neben mich. Ihr Fingerknöchel klopfte gegen das Aquariumglas, und sie seufzte.

Ade, Grübchen, all ihr Hoffnungen . . . Ich seufzte auch.

«Was hast du eben gesagt, Tante Sophie?»

«Ich sagte, Fische haben es leichter –»

Am Sonnabend früh um acht Uhr fuhr ich mit Jürgen Kolbe nach Hamburg zurück.

Nach der letzten westlichen Kontrolle in Helmstedt trat Jürgen – befreit vom Kofferschleppen und Papierevorzeigen – den Gashebel durch.

Ich schälte eine Apfelsine für ihn, träumte in den leuchtend gefärbten Herbsttag hinein und lauschte Jürgens einfältig-fröhlichem Gepfeife. Wenn ich scharf hinhörte, konnte ich den «Reigen» von Oscar Straus erkennen.

«Warum sagst du nichts?» fragte er plötzlich.

«Ich hör dir zu.»

«Und zählst die falschen Töne – eh?»

«Nein, die richtigen, das ist leichter. Du, Jürgen – ist Krämer in Hamburg?»

Günter Krämer war Produktionschef der Grollig-Film und ein gemeinsamer Bekannter von uns aus verlobten Tagen.

«Weiß nicht. Warum?»

«Er sucht doch einen Stoff für einen Lustspielfilm.»

«Und da wolltest du ihm einen anbieten?»

«Ganz recht. Mir ist eben eine Idee gekommen, das heißt, der Anfang zu einer Idee. Soll ich mal erzählen?»

Jürgen nickte auffordernd.

«Also – es beginnt in einer Zahnarztpraxis. Die weibliche Hauptperson ist dort Sprechstundenhilfe. Eines Morgens sitzt ein Mann mit randalierendem Weisheitszahn und seinem bezaubernden Freund im Wartezimmer. Der Mann ist feige – also, das Feigste von Mann, was mir je begegnet ist.»

«Wieso dir?» fragte Jürgen erstaunt.

«Habe ich ‹ich› gesagt? Ich meine natürlich die Sprechstundenhilfe.» Ich erzählte ihm nun, was an jenem Vormittag in Onkel Julius' Praxis vorgefallen war.

Als ich geendet hatte, verstand Jürgen seine Begeisterung ausgezeichnet zu zügeln.

«Gefällt's dir nicht?»

«Hm», sagte er vorsichtig (er wollte mich ja wiedergewinnen), «es ist noch ein bißchen wenig. Ein Anfang immerhin. Du wirst schon etwas daraus machen.» Er blickte geradeaus auf die Autobahn, die der Kühler fraß. «Die Sprechstundenhilfe und der Freund des Feiglings kriegen sich am Schluß?»

«Gott geb's», seufzte ich. Und da kein anderes Holz in der Nähe war, klopfte ich dreimal verstohlen gegen meinen Kopf.

«Julie, sag mal, der Freund hat doch nicht etwa ein Grübchen?»

«Laß mich mit dem Grübchen zufrieden, es wird schon langsam albern!» Ich hatte es nicht gern, wenn man mich ertappte.

«Mir unverständlich, daß er dich nach Hamburg zurückfahren ließ», bohrte er weiter. «Sooo junge Liebe und schon eine Trennung! Ja, wer macht denn so was!»

«Wenn er aber in die Schweiz zurück mußte?»

«Ach, Schweizer ist er? Nicht übel. Aber auch diese Nationalität bedeutet im nächsten Krieg keine Lebensversicherung mehr.» (Er mußte mir ja eins auswischen!) «Kommt er wieder?»

«Natürlich.»

«Und – meint er es ernst?»

«Ziemlich», sagte ich, und dann sprachen wir nicht mehr von ihm.

Jürgen Kolbe besuchte eine Firma in der Georgstraße, ich wartete im Café Kröpke auf ihn. Eigentlich wollte ich schon hier mit der Ausarbeitung des Exposés beginnen, aber eine alte Frau, die sich an meinen Tisch setzte, wollte es nicht. Sie war seit fünf Jahren Witwe und bezog Pension. Ihr Mann war zu Lebzeiten was Höheres bei der Post gewesen. Vor einem Monat hatte sie eine Nachzahlung bekommen und sich davon eine Polstergarnitur gekauft, denn wenn man das Geld nicht gleich richtig anlegte, plemperte es sich so weg. Das wüßte ich sicher aus Erfahrung. Doch, das wußte ich.

Nach einer halben Stunde sah sie ihre Kränzchenfreundin vor dem gegenüberliegenden Warenhausfenster stehen. Sie bummerte gegen die Scheibe, vollführte eine treffliche Pantomime und eilte grußlos davon.

Ich holte meine Gedanken vom seligen höheren Postbeamten zurück zur Filmhandlung, als sich zwei graugekleidete Damen an meinen Tisch setzten. Die eine von ihnen, Frau Dr. Schön, hatte einen titelreichen Bekanntenkreis. Ich erfuhr eine Menge über ihre Freundinnen, Frau Senatsrat a. D., Frau Professor h. c., Frau Amtsgerichtsrat und Frau Apotheker (Apethäker ausgesprochen). Gerade heute früh hatte sie einen Brief von ihrer Schwägerin Frau Erste Bergrat bekommen. Einzig ihre Aufwartung nannte sie schlicht Frau Schulz und nicht Frau Reinemach.

Ich weinte trocken vor mich hin, als wir aus dem dämmrigen Hannover hinausfuhren.

«Was fehlt dir denn, Julie?»

«Ein Titel. Ich möchte einen Titel, bitte. Alle Freundinnen von Frau Dr. Schön haben einen klangvollen Titel von ihrem Mann. Ihre Schwägerin nennt sich sogar Frau Erste Bergrat. Ich kann mich doch nicht ‹Fräulein entlobte Vertreter› nennen lassen. Wie klingt denn das!»

«Julie», sagte Jürgen nach einer Weile besorgt, «mach mal Höhh! Ich möchte prüfen, ob du was getrunken hast.»

Anfangs inspirierte mich der Nebel zu einem modischen Vergleich. Ich bezeichnete ihn als tüllzarten Schleier. Später erinnerte er mich in Farbe und Dichte an unsere Roggenmehlsuppe nach 1945.

Zwischen Soltau und Lüneburg leistete ich mir weder Vergleiche noch Schweizer Träume. Ich betete, um Jürgens Flüche im himmlischen Ohr zu entschärfen.

Unter uns war schlüpfrige, runde Straße, vor und hinter uns lauerten – nun, im harmlosesten Falle die Stoßstangen anderer Wagen. Die Scheinwerfer brachen sich blaß an der dichten, schwimmenden Nebelwand.

Als Jürgen sagte, er habe gerade tanzende Geister gesehen, zog ich den Mantel über den Kopf.

«Angst?» fragte er.

«Klar. Du nicht?»

Gegen elf Uhr krochen wir in Hamburg ein.

«Ich bringe dich jetzt nach Hause und fahre dann in mein Büro, um die Nacht zwischen zwei harten Stühlen zu verwarten, denn ein Hotelzimmer bekomme ich während der Ausstellungszeit bestimmt nicht», sagte Jürgen leidend.

«Was gibt's denn jetzt für Ausstellungen?»

«Na – eh, eine landwirtschaftliche Geräteschau und bei Planten un Bloomen eine Blumenausstellung.»

«Jetzt im Oktober?» wunderte ich mich.

«Natürlich. Man zeigt winterfeste Blumen.»

«Jürgen Kolbe», sagte ich, «du lügst ergreifend. Was willst du eigentlich?»

«Bei dir bleiben.»

Ich hätte jetzt schallend protestieren müssen, aber der Gedanke an meine verlassene Wohnung mit all ihren scherben- und liebereichen Erinnerungen und dem zwei Wochen dicken Staub bedrückte mich schon seit unserer Einfahrt in Hamburg. Ich mochte sie nicht allein betreten, wenigstens heute nacht nicht.

«Also gut. Du kannst meinetwegen auf der Couch im Wohnzimmer schlafen, aber nur diese Nacht und – falls du dir einbildest, daß – und so – kommt üüüüberhaupt nicht in Frage», fügte ich streng hinzu.

Er schleppte unsere Koffer zum Fahrstuhl und versprach alles, was ich von ihm verlangte.

Meine Wohnung lag im vierten Stock eines Neubaus. Sie bestand aus zwei kleinen Zimmern mit schrägen Wänden und Nischen, einem Bad (königsblau gekachelt, bitte!) und einer Einmannküche. Man stieß sich laufend etwas in dieser Puppenwohnung: den großen Zeh, das Schienbein, den Kopf – und man stieß laufend etwas um: eine Holzplastik, die Lampe oder eine Blumenvase. (Wieviel Wasser eine Vase enthält, wird einem erst so recht bewußt, wenn man es aufwischen muß.)

Unser Abendbrot war recht eigenwillig aus dem zusammengestellt, was ich an Büchsen in der Küche fand. Es gab als Vorspeise Sardinen mit Keksen, danach folgten Hühnerbrühe mit Keksen und als Dessert Pfirsichkompott mit Keksen.

«Falls du noch Hunger verspüren solltest – ich habe Salz in der Küche und einen Arzneischrank voll Tabletten. Mehr kann ich dir nicht bieten.»

Jürgen saß schweigend im Sessel, während ich ein Laken über die blaue Couch breitete. Ab und zu blickte er mißbilligend auf seine Zigarette. Ich bezog eine Decke und reichte ihm die Hand. «Gute Nacht, Jürgen.»

«Bist du schon sehr müde? Ich hätte dir noch soviel zu erzählen.»

«Über Karin?»

«Nein», sagte er. Fast tat er mir leid, wie er da so sehnsüchtig und seelisch verprügelt vor mir stand. «Träum schön», seufzte er, «aber nichts Schweizerisches, in dem Grübchen vorkommen.»

Ich hatte schon das Licht gelöscht und mich auf die Schlafseite gerollt, da hörte ich ihn nebenan noch immer umherwandern, seufzen und stöhnen. Er quälte sich sogar zu einem Husten, um mein Mitleid zu erregen.

Schließlich öffnete er die Tür um einen Spalt, in dem sich die kantigen Umrisse seines Gesichts dunkel gegen das Licht im Wohnzimmer abhoben.

«Julie», sagte er, «ich kann nicht auf der Couch schlafen.»

«Dann fahr ins Hotel.»

«Alle besetzt.»

«Spring in die Alster. In der ist bestimmt noch Platz. Mach die Tür zu.»

«Julie!»

«Gute Nacht.»

«Na schön.» Er knallte sie hinter sich ins Schloß, und die neben und unter uns in dem hellhörigen Neubau Wohnenden wußten: «Aha, die

Verlobten haben sich wieder vertragen.»

Fünf Minuten später hörte ich gleichmäßige Atemzüge durch die Türritze. Jürgen schlief.

Ich lag noch eine Weile wach und dachte an zärtliche braune Augen, in die ich sicher nie mehr schauen würde.

Am nächsten Morgen war ich schlechter Stimmung. In der Badewanne fielen mir meine Finanzen ein. Finanzen – welch hochtrabender Name für achtundachtzig Mark fünfzig!

Ich erwartete zwar ein Honorar für einen Romanabdruck in einer Düsseldorfer Zeitung, aber wann würde das kommen? Morgen? In acht Tagen? Vier Wochen?

Honorar klingt eleganter als Lohn und Gehalt, aber letztere sind verläßlicher. Man kann zu einem festen Termin mit ihnen rechnen, sofern man bei einer halbwegs finanzkräftigen Firma beschäftigt ist. Honorare dagegen sind launisch und unberechenbar. Gehalt oder Lohn muß man haben – Honorare darf man sich leisten. Ich hatte nichts und leistete mir nur – in jeder Beziehung, und das ging meistens nicht gut.

Zerknirscht stieg ich aus der Wanne, zog mich an und lief durch einen vernieselten, grauen Morgen, dessen Farbe und Feuchtigkeit meine Stimmung nicht eben verbesserte, zum Kaufmann.

Als ich wieder nach Hause kam, schlief Jürgen noch. Er lag zusammengerollt auf dem zerwühlten Laken und hielt krampfhaft seine Nase fest, was diese zu einem pfeifenden Geräusch veranlaßte. Und er sah genauso aus wie der Junge, den er einmal haben würde – von Karin? Von einer anderen?

Ich deckte den Wangentisch in der Fensternische und klapperte dabei geräuschvoll mit dem Geschirr – ob aus Versehen oder mit Absicht, weiß ich nicht mehr.

Von der Couch kam ein Grunzen, das in Gähnen überging. Jürgen blinzelte zu mir herüber.

«Guten Morgen», sagte ich.

«Grüezi, Grüezi, liebes Juleli», rief er. «So sagt doch ‹Grübchen›, wenn er dich begrüßt?»

«Er sagt: Salü, liebe Juliane, wie hast du das nur so lange mit diesem albernen Mann ausgehalten?»

«Eh – er kennt mich doch gar nicht.»

Jürgen richtete sich auf den Ellbogen auf. «Gibt's Kaffee?»

«Sofort. Danach mußt du gehen.»

«Leider», seufzte er. «Die Arbeit ruft.» Er stieg aus dem Bett, und seine Finger spielten Harfe auf seinen Rippen. «Was machst du heute?»

«Ich fahre zu den Eltern. Mutti schrieb mir einen Jammerbrief nach Berlin. Seitdem Vati pensioniert worden ist und sich aktiv im Haushalt betätigt, hat sie viel zusätzliche Arbeit. Er kümmert sich um alles und steckt voller Ideen. Seine neueste: er will Richard (unseren gelben Hauskater) scheren, damit er siamesisch aussieht.»

Jürgen schüttelte den Kopf. «Manche Männer benehmen sich zu komisch.»

«O jaaa –»

«Laß deine Anzüglichkeiten», knurrte er. Beim Frühstück fiel ihm der Schweizer wieder ein.

«Was ist dein Grübchen überhaupt?» fragte er, gedankenvoll den Honig leckend, der vom Brötchen auf seinen kleinen Finger getropft war.

«Was er ist?» (Das fragte ich mich auch.) «Er hat Fabriken und viel, viel Geld.»

Ehe Jürgen ging, legte er hundert Mark auf meinen Teller.

«Was soll das? Soviel nehmen nicht mal die ‹Jahreszeiten› für eine Übernachtung in ihrem Fürstenzimmer.»

«Julie –» jetzt war Jürgen sehr verlegen – «ich weiß, daß es dir im Augenblick nicht gut geht.»

«Ich brauche keine Almosen», rief ich aufgebracht.

«Aber, schau, ich habe in den letzten Jahren oft von deinem Geld gelebt, weil ich nichts verdiente. Darf ich mich nicht revanchieren?»

«Nein.»

«Also gut», er griff nach dem Geld.

«Laß es liegen!» schrie ich erschrocken.

Zweites Kapitel

Jene Woche, in der ich das Exposé für den Lustspielfilm ausarbeitete, der beim Zahnarzt anfing und auf dem Standesamt endete, war eine einzige, beschwingte Stunde. Mein Held war Berner. Und er war leibhaftiger bei mir, als ihm dies leibhaftig je gelungen wäre. Er war ganz so, wie ich ihn mir wünschte – jungenhaft-männlich, herzlich, ritterlich . . .

Nur meinem gesunden Menschenverstand ist es zu verdanken, daß ich nicht eine jener gefährlichen Idealgestalten aus ihm machte, die über jede Schlampigkeit der Weltgeschichte siegen, ihrer Liebsten treu bis in den Tod sind und leuchtenden Auges für sie sterben, niemals vergessen, ihr in den Mantel zu helfen, und vor lauter Edelmut nicht dazu kommen, menschlich zu sein – so menschlich etwa wie der Mann, mit dem man etliche Jahre zusammen lebt.

Selbstverständlich erhielt sein gewalttätig-feiger Freund auch eine tragende Rolle. Ich behielt seinen Spitznamen «Büffel» im Exposé bei – er paßte wirklich gut zu ihm.

Ehe ich Günter Krämer anrief, um ihm meine Tat anzukündigen, fuhr ich zu meinen Eltern nach Blankenese. Sie halten einen Lesezirkel mit sechs Illustrierten, deren sechs Horoskope ich aufmerksam durchlas. Eins prophezeite mir häusliche Disharmonie. Das zweite: erfreuliche Tendenzen im Heim. Nummer drei frohlockte: Amor weicht nicht von Ihrer Seite. Laut dem vierten würden unerwartete Zwischenfälle meine Lage völlig verändern. «Kräfte sammeln!»

Oh, hätte ich doch nur Nummer vier mehr berücksichtigt und gesammelt! Aber ich kümmerte mich nur um Horoskop fünf und sechs, die sich beide darüber einig waren, daß sich mein Geldbeutel langsam füllen würde.

Nummer fünf und sechs gläubig vertrauend, rief ich, ohne daß mir – wie sonst bei geschäftlichen Telefonaten – das Herz aus dem Halse klopfte, bei Krämer an.

«Günter, ich habe eine Lustspielidee für Sie! Mit viel Zahnarzt und menschlichen Schwächen und auch dem nötigen Schmus für ‹Lieschen Müller›.»

«Bringen Sie mir das Exposé», sagte er, flog mit diesem und vier weiteren zur Auswahl stehenden Stoffen nach Berlin, und fünf Wochen später hielt ich meinen Vertrag in den ungläubigen Händen. So schnell und reibungslos war's noch nie gegangen.

«Paul Frank will die Regie übernehmen», erzählte mir Krämer, und ich machte einen Luftsprung. Frank war einer unserer begabtesten Lustspielregisseure. Daß er meinen Stoff akzeptiert hatte, bedeutete für mich ... «Frank sagte allerdings, Ihr Stoff enthalte viel Scheibenhonig, aber er könne was draus machen. Sie wissen ja, Juliane, kein Autor erkennt sich selbst wieder, wenn sein Stoff durch Franks Ideenmühle gemahlen worden ist.»

Das Drehbuch schrieb ich zusammen mit Herrn Aloisses, einem Mann, der dieses Metier seit zwanzig Jahren betrieb. Wir kämpften haßerfüllt und ehrgeizig miteinander. Ich war gegen das Einbauen von Gags, die sich bereits in zehn anderen Lustspielfilmen als Lacher bewährt hatten, und Aloisses raufte sich die Haare über meine Naivität in filmtechnischen Dingen. Aber eines Tages hatten wir's geschafft und trennten uns ohne Sentimentalität voneinander.

Wie stets nach einer intensiven Arbeitsperiode meldete sich das «Weib» in mir. Es wanderte unruhig durch die Miniaturwohnung, blieb endlich vor dem Spiegel im Schlafzimmer stehen und sagte: «Julchen, du hast eine Hummel im Hintern. Julchen, du mußt dringend unter Leute.»

Anschließend an diese Feststellung fuhr ich zu meinen Eltern. Da ich augenblicklich als begütert zu bezeichnen war, kam auch meine Schwester Susi aus ihrem Zimmer, um mich zu begrüßen. Das tat sie sonst nie.

Susi war Modeschülerin, einundzwanzig Jahre alt und hatte mir ebensolange nichts als Kummer bereitet. Als sie noch ein Baby gewesen war, hatte ich auf sie aufpassen müssen. Als sie größer wurde, verpetzte sie mich bei den Eltern. Seitdem sie erwachsen war, pumpte sie mich mit jener schamlosen Selbstverständlichkeit an, die nach ihrer Meinung ein geschwisterliches Verhältnis erlaubte. Sie borgte sich auch meine Kleider. Zum Dank dafür zeigte sie mir schadenfroh lächelnd, wie weit sie ihr in der Taille waren.

Susi war viel zu jung für eine Schwester und zu hübsch. Auch zu ehrlich. Als wir einmal gemeinsam über den Jungfernstieg gingen, sagte sie: «Komisch, früher guckten die Männer bloß dir nach, und heute stieren sie hauptsächlich auf mich.»

An jenem Vormittag, an dem ich meine Eltern besuchte, war sie das Thema einer geheimen Unterhaltung zwischen meiner Mutter und mir. Interne Diskussionen wurden bei uns von jeher im Badezimmer geführt, so auch diesmal. Mutti saß auf dem Wannenrand und ich auf dem weißlackierten Deckel daneben.

«Susi hat einen neuen Freund», begann sie sorgenvoll.

«Na und, wie ist er? Bezaubernd? Himmlisch? Süß?»

«Er ist vor allem verwegen.» Sie fing die Asche ihrer Zigarette in der hohlen Hand auf und seufzte. «Susi behauptet, er sei verwegen.»

«In der Wahl seiner Schlipse und Socken – so wie ihr letzter Herzensmann?»

«Nicht nur», sagte meine Mutter und machte Alarmaugen. «Gestern kam Susi um ein Uhr nach Hause, und Sonnabend war es noch später. Sie sagt, sie ginge mit Teddy – bürgerlich heißt er Karl-Heinz – am liebsten in die Nachtvorstellungen der Kinos.»

Mutti stieß ein zitterndes Seufzen aus. Ein pensionierter Mann mit hauswirtschaftlichen Ambitionen und eine Tochter, die mit Karl-Heinz-Teddy in Nachtvorstellungen ging – sie hatte es wirklich nicht leicht.

«Kannst du nicht mal mit Susi sprechen, Julie?» fragte sie, scheuchte mich von meinem weißlackierten Sitz, klappte ihn auf und spülte Stummel und Asche ihrer aufgerauchten Zigarette in die dunklen, feuchten Tiefen der Anonymität. Beim nachfolgenden Händewaschen begegnete sie ihrem Spiegelbild mit einem müden, lustlosen Gesicht.

«Du mußt mal heraus», sagte ich. «Wir werden jede Woche einen Stadtbummel machen mit Kintopp und Sahnebaisers. Hinterher fahren wir zu mir. Du darfst Rock und Korsett öffnen, die Schuhe ausziehen, und dann klönen wir feucht.»

«Feucht klönen» heißt ins Hochdeutsche übersetzt: eine gepflegte Unterhaltung mit Alkohol über die intimsten Fehler und Vorzüge gemeinsamer Bekannter führen.

«Ich werde dich daran erinnern, denn ich hab's nötig. – Was macht eigentlich unser Entlobter?» fragte sie dann.

«Er hat seine Hotelodyssee aufgegeben und ist in Untermiete gezogen.»

«Und Karin?»

«... tröstet ihn so gut es geht darüber hinweg, daß er mich verlassen hat.»

Mutti lächelte genauso, wie jede andere Mutter in ihrem Falle gelächelt hätte – richtig schadenselig. Sie hatte damals intensiv mit mir mitgelitten und war glücklich, daß ich bei Onkel Julius in Berlin wieder lachen gelernt hatte. Wodurch – erzählte ich ihr allerdings nicht.

Die folgende Unterhaltung mit meiner Schwester war mir sehr peinlich und wurde zu drei Dritteln von ihr beherrscht.

«Die Alte Dame schickt dich, damit du mir die Leviten liest, ja? Liebe Jule, ich bin dir genausowenig wie irgend jemand anderem Rechenschaft schuldig. Ich bin über einundzwanzig Jahre und kann tun und lassen, was mir paßt. Teddy und ich werden heiraten. Wolltest du mir noch was sagen? Ich glaube nicht. Übrigens darfst du mir zehn Mark pumpen.»

Susi war eine schnelle, stotterfreie Sprecherin. Sie sollte sich ins Parlament wählen lassen.

Ich gab ihr die zehn Mark. Das war mein einziger Beitrag zu dieser Unterhaltung.

Kaum war ich in meine Wohnung zurückgekehrt, als schon das Telefon läutete. Der Regisseur Frank war am Apparat. Er sei zu einer Besprechung von Berlin nach Hamburg gekommen, sagte er, und er wünsche mich um vier Uhr im Büro der Grollig-Film zu sehen.

Besonders höflich fand ich ihn nicht. Sicher gehörte er zu denen, die zu rasch eroberter Ruhm zu der irrigen Annahme verführt hatte, Benehmen sei nur wichtig für gesellschaftliche und berufliche Anfänger. Ich wollte ihm dafür an Hand meines Benehmens beweisen, daß bescheiden und kniggekundig auftretende Prominenz jedem ungeschlachten Emporkömmling haushoch überlegen ist. (Hatte ich Prominenz gesagt? Hatte ich mich damit gemeint? Daß einen ein paar Scheine im Portemonnaie gleich größenwahnsinnig machen müssen!)

Ich zog mich sorgfältig an und dann noch dreimal um. Zehn Minuten vor vier entschied ich mich für das sandfarbene Kostüm mit den Persianertaschen. Es war viel zu leicht für die herrschende Dezembertemperatur, aber es war neu. Geputzt mit allen Raffinessen, die mein Kleiderschrank enthielt, verließ ich das Haus.

Mit zwanzig Minuten Verspätung erreichte die Drehbuchautorin Thomas – teuflisch elegant und klamm bis in die Knochen – das Hochhaus, in dem sich die Büros der Grollig-Film befanden. Im Paternoster nahm ich die vergoldeten Folterklammern für meine Ohrläppchen aus der Tasche (im Laden hatte ich sie unter dem Namen Clips gekauft) und klemmte sie voll eitler Tapferkeit an ihre Bestimmungsorte.

Meine Nase hatte noch nicht ihre Froströte verloren, da «ließ Herr Frank bitten».

Krämers Sekretärin führte mich aus dem Vorzimmer, dessen Wände mit marktschreierischen Filmplakaten bepinnt waren, ins Chefbüro und schloß die Doppeltüren hinter mir.

Der Raum war niedrig und weit. Die hypermodernen Sessel führten den Streit der Plakate im Vorzimmer hier im Allerheiligsten weiter. Jeder war von einer anderen leuchtenden Farbe und bemühte sich darum, der auffälligste zu sein. Es sah ganz dekorativ aus: hier ein Rot, dort ein Grün, drüben ein Gelb, halb einem seufzenden Blau zugewandt, ein müdes Lila. Aber wehe, wenn eine Scheuerfrau einmal mit ihnen «Verwechsel die Stühlchen» spielte; eine tödliche Farbenbeißerei würde die Folge sein.

Vor einem der riesigen Schiebefenster stand Herr Frank. Er war groß und grauhaarig und drehte sich bei meinem Eintritt nicht um. Seine Finger trieben über dem Rückenschlitz seines braunen Sportsakkos ein nervöses Spielchen miteinander.

«Guten Tag», sagte ich laut und kühl.

Da wandte er sich aufreizend langsam ins Zimmer und sah mich an.

«Also doch – die ‹Sprechstundenhilfe›!»

«Büffel –» hauchte ich.

Erinnern Sie sich noch an Horoskop vier?

«Unerwartete Zwischenfälle werden Ihre Lage völlig verändern. Kräfte sammeln!»

Dieses war der erste Zwischenfall.

Büffel alias Herr Frank wies auf einen zinnoberroten Sessel. «Bitte.»

«Danke.»

«Cognac?»

«Bitte.» Ich saß da und starrte demütig auf meine Hände, die am Verschluß der Handtasche nestelten. Und es war entsetzlich.

«Selbstverständlich bin ich zu Änderungen am Drehbuch bereit.» Meine Stimme klang so weit ab wie durch einen Telefonhörer beim Ferngespräch. Ich glaube wirklich, sie telefonierte aus der Unterwelt. Vielleicht war ich sogar schon den Tod der Peinlichkeit gestorben und zuckte bloß noch so ein bißchen wie ein Aal, dem man den Kopf abgeschlagen hat. Aber vielleicht träumte ich auch Alb. Bloß die Ohrclips zwickten so wirklich, und der Mann, der vor mir mit verschränkten Armen am Schreibtisch lehnte, war auch wirklich. Wirklich und unheimlich in seinem abwartenden Schweigen.

Ich blinzelte zu ihm auf. Die Zigarettenspitze zwischen seinen Zähnen klappte hin und her. Plötzlich begann mein Ersatzgehirn logisch zu denken. Es dachte: Wenn ein Mann, der sich bei der ersten Begegnung als Gewalttäter gezeigt hat, schweigt, wenn er Grund zu Gewalttätigkeiten hat, wenn dieses Schweigen dazu endlos dauert, so muß es die Stille vor einer schrecklichen Gewalttat sein.

Vor wenigen Minuten wäre ich noch jede Menge freiwillig gestorben, um der dunkelroten Blamage zu entgehen, aber jetzt nicht mehr. Jetzt hatte ich Todesangst vor diesem Ungeheuer mit Hornbrille, das unbeweglich auf mich herabschaute. Ich rutschte vom Sitz in die Hokke, schnellte raketenhaft hoch und strebte zur Tür.

«Sie haben Ihren Cognac noch nicht getrunken, Frau Thomas», sagte er.

Ob heute oder morgen – ob in den Rücken oder Bauch – seiner Rachekugel würde ich nicht entgehen. Ich drehte mich ihm langsam zu.

Schieß, Büffel!

Frank lehnte noch immer am Schreibtisch, kaute an seiner Zigarettenspitze, und wenn ich meinen Augen trauen durfte, zog ein breites Grinsen seinen Mund auseinander. Zuerst begannen seine Schultern zu zittern, dann der ganze Herr Frank.

Ich glaube, ich habe noch niemals einen Menschen so lachen sehen. Er brüllte, grunzte, wieherte, erstickte fast, hustete, hob entschuldigend die Hände. Tränen kollerten über sein Gesicht.

Ich setzte mich wieder in den roten Sessel und wartete, bis er sich beruhigt hatte.

Paul Frank war ein kluger Mann, so klug, daß er über seine Lächerlichmachung in meinem Drehbuch selbst lachte. Oder freute er sich nur darüber, ein Weib in Todesnöte versetzt zu haben?

«Selbstverständlich streiche ich die Rolle aus dem Drehbuch.»

«Welche Rolle, bitte?» Seine Schultern zuckten noch immer, während er seine naßgelachten Brillengläser putzte. «Den trotteligen Büffel? Das wäre wirklich schade. Sie ist Ihnen so gut gelungen! Die einzige, die Ihnen gut gelungen ist. Woher haben Sie überhaupt meinen Spitznamen?»

«Ihr Freund nannte Sie so.»

«Richtig, mein Freund Berner.» Frank grinste frivol. «Er scheint großen Eindruck auf Sie gemacht zu haben.»

«Wieso?» fuhr ich auf, blind vor Scham.

«Nun, Sie haben ihm in Ihrem Buch immerhin die Rolle des Liebhabers angetragen, der am Happy-End die Sprechstundenhilfe freit.»

«Ich habe dabei üüüüberhaupt nicht an Ihren Freund Berner gedacht», schrie ich, zu spät daran denkend, daß überlaute Rechtfertigung nach schlechtem Gewissen klingt. «Wie kommen Sie dazu –»

«– wie komme ich überhaupt dazu, Paul Frank alias Büffel zu sein», vollendete er mit schwachem Lächeln. Der fröhliche Anfall vorhin schien ihn sehr erschöpft zu haben. «Das Leben schreibt nun einmal die besten Gags. Um auf meinen Freund zu kommen –»

«Ich schwöre Ihnen –»

«Schwören Sie nichts. Berner ist ein zauberhafter Kerl, und das Netteste an ihm ist, daß er nicht einmal weiß, wie gut er aussieht.» Das Haustelefon unterbrach die peinliche Unterhaltung. Frank nahm den Hörer ab.

Ich erhob mich, um zu gehen, aber er winkte mich energisch in die rote Sitzpracht zurück.

«So, Frank junior will mich sprechen?» Er lachte, und auf einmal sah er gut und sympathisch aus. «Gut. Verbinden Sie.»

Er nahm den Hörer des anderen Telefons auf. «Pips? Ja, Tag, mein Sohn. Was willst du? Wer hat gekündigt. Schrei nicht so, ich kann dich gut verstehen. Also, Ella hat gekündigt. Warum? Hast du sie geärgert? Wer – *ich*? Blödsinn. Sie ist schon fort?» Frank klopfte nervös mit der Zigarettenspitze auf die Tischplatte. Undeutlich hörte ich das Krähen einer Jungenstimme am Apparat. «Auf keinen Fall», rief er mit schneidender Stimme, die keinen Widerspruch duldete, aber von Pips zu sekundenlangem Schweigen gezwungen wurde.

«Du kannst nicht herkommen. Weil es nicht geht. Du darfst nicht Schule schwänzen. – Was? Grippeferien? Pips, wenn du schwindelst, weißt du, was geschieht. Bitte Frau Schneider, daß sie für dich und Püppi sorgt. – Geht nicht? – *Pips!*»

Bisher hatte ich mich mit dem Inhalt meiner Handtasche beschäftigt, um einen möglichst abgelenkten Eindruck zu machen. Bei Franks entsetztem Aufschrei «Pips» sah ich hoch und über die spiegelnde Schreibtischplatte auf einen ratlosen Mann, der die Hand um die Sprechmuschel legte und mir halblaut zuraunte: «Unser Mädchen ist davongelaufen und mein Sohn vom Wirtschaftsgeld nach Hamburg gefahren. Ich dachte zuerst, er telefoniere von Berlin aus, aber er ist schon am Hauptbahnhof.»

Frank sagte streng ins Telefon: «Nimm dir ein Taxi und komm her.» Dann hängte er ein und brachte mich zur Tür.

«Herr Frank, Ihr Freund Berner –» begann ich noch einmal.

«Ich weiß, ich weiß, etwaige vorkommende Ähnlichkeiten mit

lebenden Personen in Ihrem Drehbuch sind rein zufällig», unterbrach er mich.

«Ja.»

«Auch, was die Büffelrolle anbetrifft.»

«N-nein, da nicht ganz.»

Er reichte mir die Hand mit einem undefinierbaren Lächeln.

«Auf Wiedersehen, Frau Thomas. Ich bin überzeugt, daß wir noch viel Freude aneinander haben werden.»

«Wie meinen Sie das?» fragte ich mißtrauisch.

«So, wie Sie es auffassen wollen.»

Ich fuhr sehr unzufrieden mit dem Paternoster ins Erdgeschoß. Es ist nicht angenehm, sich zu gleicher Zeit beschämt, blamiert und nicht für voll genommen vorkommen zu müssen.

In der Eingangshalle traf ich Günter Krämer. Wir sprachen ein paar Minuten miteinander, dann zog ich die goldenen Marterwerkzeuge von meinen Ohren und trat auf die Straße.

Es war noch kälter geworden. Ein paar Schneeflocken fielen zaghaft auf den Asphalt. Ein Taxi fuhr vor. Ihm entstieg ein Junge von etwa elf Jahren mit einer prallgefüllten, rehledernen Reisetasche, über deren offenen Reißverschluß sich ein gestreiftes Pyjamabein ringelte.

Er setzte die Tasche ab und beugte sich noch einmal in den Wagen. Aus dem Kamelhaarmantel hob sich ein langer Hinterkopf mit blondem, verschnittenem Haar, der in zehn Jahren starke Anziehungskraft auf die Hände zärtlicher Frauen ausüben würde.

«Komm, Püppi», rief der Junge ins Innere des Wagens. Und dann stieg sehr gravitätisch und sehr langsam ein mächtiger Bernhardiner auf den Bürgersteig.

«Den hätte ich auch Püppi getauft», meinte der Taxichauffeur.

Der Junge überhörte diese Bemerkung. «Wieviel habe ich zu bezahlen?»

«Vier Mark fünfzig.»

«Ich habe nur zwanzig Mark. Können Sie wechseln?»

«Aber gewiß, mein Herr», sagte der Taxichauffeur eilfertig. Er spielte so schön mit, dafür mochte ich ihn gern.

«Du bist Pips Frank, nicht wahr?»

Der Junge schaute mich aus breitgeschnittenen, hellen Augen abweisend an. «Ja», sagte er endlich, «und Sie?» Er sah in diesem Augenblick seinem Vater unangenehm ähnlich, besaß auch dessen Talent, mich mit zwei Worten in Harnisch zu bringen.

Pips ging mit seinem schweren Reisebegleiter, den er am Telefon wohlweislich unterschlagen hatte, auf das Portal zu.

Der Gedanke an Franks Überraschung bei Püppis Anblick half meiner niedergeschlagenen Stimmung wieder auf die Beine.

Aber dieser Tag war damit noch nicht zu Ende. Oh, beileibe nicht. Er borgte sich sogar ein paar Stunden vom nächsten, um all seine Ärgernisse unterbringen zu können.

Kaum hatte ich zu Hause mein schönes Kostüm in den Schrank gehängt, als mich Lucie Krämer, die Frau des Produktionschefs, anrief und für den Abend zu einer kleinen Party lud.

Sie bat mich, früher als die anderen zu kommen, damit wir noch ein wenig Zeit für uns hätten.

Lucie nahm mich mit in ihr Schlafzimmer. Während sie sich umzog, probierte ich ihre Hüte auf.

«Übrigens kommt Paul Frank heute abend. Er ist ein so begabter Regisseur und ein reizender Mann.»

Lucies Bemerkung verdarb mir den Spaß an der weißen Federtoque, die ich gerade aufsetzen wollte.

«Und Jürgen kommt auch. Es ist Ihnen doch nicht unangenehm?»

«Keineswegs», sagte ich.

Es war sogar ausgezeichnet, daß Jürgen heute abend auch da sein würde. Wenn Frank sah, wie herzlich mein Verhältnis zu meinem voreilig Entlobten war, mußte er seinen Verdacht, ich sei in Freund Berner verliebt, fallenlassen.

Lucie schob die reich behangenen Bügel in ihrem Schrank hin und her, heftig überlegend, welches Kleid sie anziehen sollte.

«Jürgen wird aber erst später kommen. Er hat vorher noch eine geschäftliche Verabredung. – Soll ich das Grüne oder das Schwarze anziehen? Was meinen Sie?»

«Das Grüne.»

«Gut», sagte sie und nahm das Schwarze aus dem Schrank.

Nur ungern verließ ich Lucies Schlafzimmer, denn es verlassen hieß «wieder ins rauhe Leben treten».

Mit seinen mattschimmernden Satins und gestreiften Seiden, in die sich klar die dunklen Linien der Empiremöbel zeichneten, mit den farbigen Rokokoleuchtern, an denen tränenförmige Kristalltropfen hingen, mit seinen teuren Flakons, Cremedosen und Fotografien ließ es einen ganz vergessen, daß es Kriege, feuchte Nebel und Sorgen gab, und – ich glaube, selbst Wäschestopfen mußte in diesem Raum eine Lust sein. Unter den ersten Gästen befand sich ein Fräulein Dr. phil.

Schuster, die auch mit Karin gut bekannt war. Aus ihrem kühlen Benehmen mir gegenüber lernte ich meinen neuen «Stand»: Bis vor kurzem war ich die verlassene, arme Verlobte, der die gewissenlose Karin den Mann weggenommen hatte. Jetzt war ich die böse Rivalin, um die sich der Zukünftige der armen Karin bewarb.

Um neun Uhr klingelte es bei Krämers. Zuerst ging Herr Krämer hinaus, dann seine Frau. Schließlich wurde auch Kuli Krämer, der asthmatische Pekinese, hinausgerufen.

Etwas später erschienen Herr und Frau Krämer mit Paul Frank und Püppi im Wohnzimmer. Frank machte ein mißmutiges Gesicht und Familie Krämer einen respektvollen Bogen um seinen Überhund.

Püppi legte sich Pfote für Pfote neben Franks Sessel, streute Haare um sich und strömte jene lauernde Gewalttätigkeit aus, die ich an seinem Herrn fürchten gelernt hatte.

«Er ist ganz ungefährlich», versprach Frank, konnte es jedoch nicht verhindern, daß der Hund jede joviale Annäherung – wie Klapse auf die Schulter seines Herrn – mit unheilvollem Grollen quittierte. Von der Küche her zog das Geheul des eingesperrten Kuli. Wir gingen abwechselnd hinaus, um ihn zu trösten.

Außer der Begrüßung wechselten Frank und ich kein Wort, und ich vergaß fast, daß er die Person war, die mir im Augenblick das stärkste seelische Unbehagen bereitete.

«Wo haben Sie denn Ihren Junior gelassen?» erkundigte sich Krämer.

«Im Hotelzimmer eingeschlossen und dem Portier strikten Befehl gegeben, ihm das Betreten der Straße zu verweigern. Wir trennten uns nämlich etwas gereizt, und es besteht die Möglichkeit, daß Pips aus Wut über seinen ungeratenen Vater nach Kanada auswandert.»

«Glauben Sie, daß der Rest des Wirtschaftsgeldes für die Überfahrt reichen wird?»

Frank sah Krämer kopfschüttelnd an. «Man merkt, daß Sie schon lange nicht mehr elf Jahre alt waren, sonst würden Sie wissen, daß man nach Kanada nur als blinder Passagier fährt.»

Ich unterhielt mich gerade mit einem Kameramann, als die Bogentür aufgerissen wurde und Jürgen mit allzu forschen Schritten in den Raum stieg. Er trug einen neuen dunkelblauen Einreiher, und ich kannte ihn gut genug, um ihn nach dem ersten Blick noch für nüchtern halten zu können.

«Guten Abend, alle miteinander! Ist das ein Qualm hier. – Ah, da sitzt ja auch meine Julie. Grüezi, Grüezi, liebes Putzeli! Julie hat's nämlich mit den Schwyzer Grübchen», klärte er die Anwesenden auf.

Im gleichen Augenblick, da er sich über meine Hand beugte, schnellte diese gegen seine Nase – und das eben nicht sanft.

«Idiot!» zischelte ich.

«Wieso? Stimmt's etwa nicht?» begehrte er auf.

Alle sahen mich interessiert an, alle außer Frank. Er saß vornübergebeugt in seinem Sessel, die Zigarettenspitze zwischen den Zähnen. Er grinste, und ich haßte ihn in diesem Augenblick. Ich kannte nichts als meinen Haß auf ihn, auf sein gemeines, wissendes Grinsen. Ich holte tief Luft und sagte: «Jawohl, Jürgen, es stimmt, aber es sollte noch niemand wissen. Ich – werde bald heiraten, einen Schweizer. Zu Weihnachten verloben wir uns in Zürich.»

Von allen Seiten gratulierte man mir. Günter Krämer sah in meiner Ankündigung einen Grund, Sekt kalt zu stellen.

Frank nahm sogar die Zigarettenspitze aus dem Mund, als er mir die Hand gab. «Herzlichen Glückwunsch, Frau Thomas!»

«Sie sehen, es gibt noch mehr interessante Schweizer außer Ihrem Freund Berner.»

«Daran habe ich nie gezweifelt», sagte er mit unergründlichem Lächeln.

Ich hatte meinen Triumph. Jetzt würde er nie mehr grinsen können, wenn die Rede auf seinen Freund käme. Ja, ich hatte meinen Triumph – aber nicht an seine Folgen gedacht. Der ersten begegnete ich, als ich Jürgen ansah. Er war stocknüchtern und blaß vor Schreck.

Das Glückliche-Braut-Lächeln schmerzte auf einmal so sehr in meinen Wangen, daß ich es am liebsten durch ein Heulen abgelöst hätte.

Eilig verließ ich das Zimmer und schloß mich im Bad ein.

... und alles nur, weil Juliane zwei Stunden lang bei Onkel Julius Sprechstundenhilfe gespielt hatte und dabei einem liebenswerten Mann namens Berner begegnet war. Es ging eben schief, wenn Julchen aus ihrer Liebe ein Geschäft machte. Das hatte sie getan, als sie ihre Liebe zu Berner und alle mit ihm verbundenen Zukunftsträume in Drehbuchform verkaufte. Jetzt mußte Julchen büßen.

Beim Verlassen des Badezimmers bemerkte ich eine dunkle Gestalt vor dem Flurfenster. Es war Jürgen. Ich wollte an ihm vorbeigehen, doch er hielt mich am Arm fest.

«Ist es wahr – das mit der Verlobung in Zürich?»

Ich nickte.

«Schade», seufzte er, «ich hatte gehofft, wir beide würden zu Weihnachten unsere Hochzeitsreise machen, nach Oberstdorf.»

Ich sah in ein enttäuschtes schmales Jungengesicht. Was hatte er mir nur mit seinem blöden «Grüezi, Grüezi, liebes Putzeli. Julie hat's nämlich mit den Schwyzer Grübchen» eingebrockt! Oh, ich wagte nicht nachzudenken, noch nicht.

«Du bist wirklich ein Rindsvieh, Jürgen», sagte ich.

Wurde das noch ein heiterer Abend für die anderen! Jürgen ertränkte seinen Kummer in meinem Verlobungssekt, und ich wäre nur zu gern seinem Beispiel gefolgt, aber ich kam nicht dazu. Ich mußte Fragen beantworten.

«Wie sieht er aus?» «Was ist er?» «Wie alt?» «Hat er Geld?» «Welches Sternbild?» «Kennen Sie schon seine Familie?» «Wann wollen Sie heiraten?» «Kennen Sie Zürich?» «Wo wohnt er dort?» Diese letzte Frage stellte Fräulein Dr. Schuster, und ihre Beantwortung hätte meiner Verlobungslüge bald das Genick gebrochen.

«Er wohnt in der Kaiserstraße», sagte ich auf gut Glück. Kaiserstraßen gibt es fast überll, warum nicht in Zürich.

«Kaiserstraße? Kaiser –» überlegte Fräulein Schuster. «Kenne ich nicht, obgleich ich in Zürich zwei Jahre gelebt habe.»

«Es ist eine ganz neue Straße», sagte ich schnell.

«Unmöglich», fuhr Fräulein Doktor unbeirrt fort. «Die Schweiz ist eine Eidgenossenschaft und hat keinen Kaiser gehabt, folglich kann es auch keine Kaiserstraße geben.»

Ich wollte gerade den ich weiß nicht wievielten Tod an diesem Tage sterben, als mir Hilfe von einer Seite ward, von der ich sie zuallerletzt erwartet hätte.

«Es gibt eine», sagte Frank. «Sie führt zum Dolder hinauf, schreibt sich mit Ypsilon und ist nach dem Zoologen Hieronymus Kayser benannt.»

«Aber –» begann Fräulein Schuster noch einmal, doch Frank schnitt ihr mit einem freundlichen Lächeln die Widerrede ab. «Ich war zuletzt vor zwei Wochen in Zürich.»

«Nun dann –» Sie gab sich – wenn auch ungern – geschlagen, und ich wußte nicht, ob ich Büffel nun dankbar sein mußte, weil er mir aus der Patsche geholfen hatte, oder ob ich ihn weiterhassen durfte. Dieser Haß war das einzige, was mich aufrecht hielt.

Ich blinzelte zu ihm hinüber. Er kraulte seinen Püppi und pfiff leise vor sich hin.

«Wie werden Sie denn heißen, wenn Sie verheiratet sind?» wollte

Lucie Krämer wissen. Wie ich heißen würde? – Lieber Himmel, gab es denn kein anderes Thema als diese verflixte Verlobungslüge!?

«Uri –» sagte ich. Der Name war mir als Schweizer Kanton mit drei Buchstaben aus zahlreichen Kreuzworträtseln und aus dem «Wilhelm Tell» bekannt. Er konnte auf keinen Fall falsch sein.

Alle fraßen ihn, selbst Fräulein Schuster, nur ein leises Krachen wurde von dort hörbar, wo Frank saß. Er hatte eine Ecke vom Mundstück seiner Zigarettenspitze abgebissen. Sein Gesicht war rot angelaufen – lachte er etwa?

Jürgen steuerte mit seinem Sektglas auf ihn zu und schwang sich auf seine Sessellehne. Er war nicht mehr ganz sattelfest. Warum mußte er ausgerechnet am Kragen des Mannes Halt suchen, den ich zur Hölle wünschte!? Warum knurrte Püppi ihn nicht fort? Bitte, Püppi, knurre! Jürgen ist nicht harmlos, ich weiß es, denn ich war lange genug mit ihm verlobt. Wenn er zuviel getrunken hat, wird er mitteilsam bis zur Indiskretion. Ich will nicht, daß er Frank etwas erzählt, was den nichts angeht. Also, knurre!

Püppi knurrte nicht. Wenn es völlig unangebracht ist, halten Männer immer zusammen.

Beim allgemeinen Aufbruch entspann sich ein edler Krach zwischen Jürgen und Paul Frank. Ersterer behauptete, seinen Wagen noch ausgezeichnet steuern zu können, Frank dagegen erinnerte ihn in rohen Worten an Führerscheinentzug, Gefängnis, belastetes Gewissen . . .

«Sie sind taktlos», unterbrach Jürgen ihn beleidigt, dann entschärfte ein schlaues Lächeln seinen blauen Unmut. Er beugte sich zu Frank und flüsterte ihm etwas zu, worauf dieser ein unentschlossenes Gesicht zog.

Kennen Sie Männer unter sich? – Äh, widerlich. Man kann ihnen nicht trauen.

Jürgen stieg sehr sanft mit Püppi zu Frank in den Wagen, ich fuhr seinen Volkswagen hinterher. Wir wollten ihn erst in seine Untermiete nach Roterbaum bringen, dann sollte ich in Franks Wagen umsteigen. So war es ausgemacht.

Wir fuhren, von Harvestehude kommend, durch Roterbaum durch. Plötzlich befanden wir uns in der Karolinenstraße. Das war doch schon St. Pauli! Und dann sah ich die Schlußlichter von Franks Wagen am Millerntor in die Reeperbahn einbiegen. Oh, ich war wild! Und hupte mich heiser.

Frank schob seinen Wagen in die Kolonne der parkenden Autos. Ich fand eine Lücke zwischen zwei chromblitzenden Straßenkreuzern, in die ich Jürgens gutes Stück hineinzwängte, mit grimmiger Freude ein paar Rammgeräusche vernehmend. Schadete gar nichts. Die beiden waren schon ausgestiegen, als ich auf sie zuschoß.

«Seid ihr wahnsinnig?»

«Wieso?» fragte Jürgen scheinheilig.

«Wieso?» echote Paul Frank.

«Wir wollten bloß noch auf ein Gläschen in die Große Freiheit. Komm doch mit, Julie.»

«Niemals. Ich bin todmüde.»

Er schien einen Augenblick zu überlegen, wobei er mit dem ganzen Körper das Gleichgewicht auspendelte. Ein triumphierendes Lächeln verklärte seine Züge. «Jjuljjane, du scheinst vergessen zu haben, daß wir entlobt sind und machen können, was wir wollen. Ich will in die Indra-Bar, und du willst nicht. Also bleibst du bei Püppi, bis wir wiederkommen.»

Die beiden verschwanden in der auf und ab schlendernden Menschenmenge.

Haß ersetzt fünf Tassen Nescafé. Ich zitterte bis in die Fingerspitzen und war überwach. Haß schult auch die böse Phantasie und gibt einem Ideen ein, auf die man sonst nicht kommt.

«Bleib schön hier, ich bin gleich zurück», versprach ich Püppi, der mich mit seinem traurigsten Bernhardinergesicht ansah, lief zu Jürgens Wagen und riß ihn roh aus seiner schrammenden Fühlungnahme mit den beiden Straßenkreuzern.

Ich fuhr ihn in die Tankstelle. «Bitte waschen, volltanken und gründlich durchsehen. Mein Mann wird morgen früh den Wagen abholen und bezahlen.» Ich gab dem Tankwart die Autoschlüssel, ging quer über den Damm zu den Buden und wärmte meine Finger an heißen Würstchen.

Es roch nach billigem Puder, gebrannten Mandeln, nach Bier und Lebkuchen. Die Bonbonfarben der Leuchtreklamen über den Vergnügungslokalen mischten sich mit dem feierlichen Funkeln der Weihnachtsbäume. Neben mir traten zwei magere, unmündige Mädchen von einem Pumps auf den anderen. Sie hatten lustlose Gesichter und erinnerten mich an das traurige Weihnachtsfest, das mir bevorstand.

Diese verflixte Zürcher Verlobung! Was hatte ich mir da nur eingebrockt. Wo sollte ich zum Fest hinfahren? In Hamburg konnte ich nicht bleiben. In Berlin bestand die Gefahr, Büffel Frank zu begegnen.

«Bitte, noch einmal Mostrich.» Das Würstchenfräulein kellte ihn auf meinen Pappteller.

Da hatte ich noch einen steinalten Onkel in Hörnum auf Sylt. Aber Sylt und steinalter Onkel im Dezember!? Vielleicht sollte ich Herrn Uri aus der Kaiserstraße mit Y einfach umbringen. Mord an imaginären Personen war juristisch keine strafbare Handlung. Doch – sein Ableben würde mich zwingen, Schwarz zu tragen (eine Farbe, die mir gar nicht steht) und aus heiterem Himmel eine Zeit künstlicher Trauer auf mich zu nehmen ...

Sie sehen – Herr Uri, kaum erfunden, wuchs sich bereits zum Problem aus.

Ich hob den Rest des Würstchens für Püppileben auf und ging an den beiden gewerbeerwartenden Mädchen vorbei zu Franks Wagen.

Püppi klopfte mit der dicken Rute, als er mich sah. Seine runden Augen schimmerten rein und feierlich wie die Weihnachtsbaumkerzen. Er war die anständigste und vernünftigste Person, der ich seit vier Uhr nachmittags begegnet war. Nachdem er meinen Bockwurstrest verschluckt hatte, untersuchte er mit einem Anflug von gefräßigem Interesse meine Hände – «Nein, Püppi, ich hab leider nichts mehr» – und mühte sodann seinen schweren, schwankenden Körper mit zwei umständlichen Umdrehungen in eine bequeme Schlafstellung.

Auf hochhackiger Gefühllosigkeit klapperte ich in Richtung Millerntor davon. Der Wind stach mit Eisnadeln in meine Waden. Und ich war so müde.

Müde, verfroren, von zwei elenden Männern in eine ausweglose Lüge getrieben, von ihnen ins nächtliche Vergnügen gelockt und schmählich verlassen. Das war meine Lage, und sie behagte mir nicht. Oh, gar nicht!

Das Telefon klingelte bereits, als ich die Wohnungstür aufschloß. Aber ich ging nicht ran.

Es klingelte noch viele Male in der Nacht, und ich wußte: das ist Liebling Jürgen, der seinen Wagen vermißt.

Gegen fünf Uhr morgens hielt ein Auto vorm Haus, ich hörte zwei Männerstimmen, und dann läutete es Sturm. Nach zehn Minuten fuhr der Wagen wieder fort.

Jetzt waren Jürgen und Frank in Druck. «Sie ist nicht zu Hause, der Wagen stände sonst vor der Tür. Vielleicht ist ihr etwas zugestoßen?»

Ja, vielleicht war mir etwas zugestoßen? Das konnte man alles nicht wissen.

Ich zog zufrieden die Decke über die Ohren und gönnte ihnen die Sorge. Nur der arme Püppi tat mir leid, der nach seiner für einen Hund doch recht anstrengenden Reise von Berlin nach Hamburg nun auch noch die Nacht fahrend zubringen mußte.

Zusammen mit dem Geldbriefträger brach Jürgen in meine Wohnung ein. Er sah grau aus wie der Morgen. Die Spuren seines Katers und der durchwachten Nacht, die Sorgenfalten um sein schönes Auto und eine alte Liebe ergaben, zusammen mit dem Stoppelschatten um sein Kinn, einen trefflichen Vorwurf für ein Märtyrerporträt.

«Gott sei Dank, du lebst. Wo ist der Wagen?» keuchte er.

«Auf der Reeperbahn. Wo soll er sonst sein?»

«Du lügst!»

«Lieber Jürgen, ich lüge nie. Dein Wagen ist in der Garage auf der Reeperbahn. Steck dir etwas Geld ein, wenn du ihn abholen gehst. Ich habe ihn gründlich überholen und tanken lassen. Es ist dir doch recht, nicht wahr?»

Jürgen lehnte in der Küchentür, während ich den Kaffee trichterte. Ich glaube, er wollte etwas Ungebildetes sagen, denn er starrte den Trichter bösartig an. Aber er starrte sich fest und trat geistig ab. Das kann schon einmal vorkommen nach einer voll ausgenutzten Nacht.

«Warum?» fragte er endlich.

«Nur so, aus Spaß hab ich ihn da untergestellt.»

«Aus – *Spaß?*» Manchmal begreift Jürgen sehr langsam.

«Ja, ihr hattet doch auch euren Spaß heute nacht, als ihr in die Große Freiheit zogt – oder etwa nicht? Trinkst du mit?»

Obgleich er pikiert ablehnte, spülte er doch drei Tassen Kaffee auf seinen Kater. Dann hob er den Deckel von der Kanne und schaute hinein. «Alle. – Hast du zufällig Bier im Haus?»

«Nicht eine Flasche!»

Jürgen zündete eine Zigarette an – nur eine, keine mehr für mich mit, so sehr hatte er sich schon an sein Alleinsein gewöhnt.

«Also du fährst zu Weihnachten in die Schweiz, Julie?»

«Selbstverständlich», sagte ich.

«Fränki fährt auch.»

«Wer ist Fränki?»

«Na, Paul Frank. Ähh –» Er zerdrückte angeekelt die Zigarette im Aschenbecher. «Fränki fährt zu seinem Freund, der in St. Moritz eine Pension hat.» Er schob den Ärmel von seiner Uhr und erhob sich.

Aber ehe er seine Knie ganz durchgedrückt hatte, stieß ich ihn in den

Sessel zurück.

«Magst du Bier? Ich hab was da», sagte ich eifrig und rannte in die Küche an den dreiviertel abgezahlten Eisschrank. Ich war plötzlich hellwach und gar nicht mehr böse über Jürgens nächtliche Exkursion in die Große Freiheit, denn er hatte dort – ohne es zu ahnen – für mich sehr wichtige Informationen gesammelt: Berner besaß in St. Moritz eine Pension.

Ich rannte mit dem Bier ins Wohnzimmer zurück. «Komm, trink! – Wann fährt denn Frank zu ihm?»

«Na, zu Weihnachten, das sagte ich doch schon. Er könnte dich eigentlich mitnehmen, dann sparst du das Fahrgeld.»

«Hm. Aber er wird sicher keinen Platz haben. Sein Sohn kommt bestimmt mit und seine Frau – ja, hat er überhaupt eine Frau?»

«Die ist tot.»

«Und sein Freund?»

«Der lebt.»

«Quatsch, ich meine, ob sein Freund eine Frau hat.»

«Woher soll ich das wissen, und wieso interessiert es dich? Du hast doch bereits einen Schweizer. Wozu brauchst du zwei?»

«Oh, du bist so blöd!» schrie ich aufgebracht.

Es wurde wie in alten Zeiten, so schön laut und heftig, aber es durfte keine innige Versöhnung folgen, und darum war unser Streit ganz sinnlos. Wir sahen uns unschlüssig an und standen auf.

«Der Wagen ist bestimmt in der Reeperbahn-Garage?»

«Bestimmt.»

Ich brachte ihn zur Wohnungstür. Jürgen blickte traurig auf das Stückchen Nachthemd zwischen den Aufschlägen meines Morgenrokkes.

«Ach Julie – dieser verflixte Uri», seufzte er.

«Wer?»

«Na, mein Nachfolger.»

Ja, dieser verflixte Uri!

Eine halbe Stunde später rief Paul Frank an, um sich zu verabschieden. Er wollte mittags mit Pips und Püppi nach Berlin zurückfahren.

Wir verabredeten uns für den 23. Dezember morgens elf Uhr im Bahnhofshotel in Hannover. Dort sollte er mich mit dem Wagen zur gemeinsamen Weiterfahrt in die Schweiz erwarten.

Allen verstandesmäßigen Überlegungen zum Trotz hatte ich beschlossen, Herrn Uri nicht sterben zu lassen, sondern zu Weihnachten meine imaginäre Verlobung mit ihm in Zürich zu feiern.

In den wenigen Tagen, die mir noch blieben, rüstete ich mich unter Susis neidischer, Jürgens eifersüchtiger, Muttis zitternder, Vatis krakeelender und Krämers neugieriger Anteilnahme für dieses «Ereignis».

Drittes Kapitel

Am 23. Dezember früh um acht Uhr stieg ich in den D-Zug Richtung Hannover. Auf dem Bahnsteig stand fröstelnd meine Mutter. Sie trug ihren Persianer, in dem sie schon vor vierundzwanzig Jahren – an der Hand Klein-Julchen in Gamaschenhosen – fotografiert worden war. Damals war er knöchellang gewesen, und sein Kragen hatte sich an der Krempe ihres Topfhutes gescheuert. Heute bedeckte er nicht mehr den Rocksaum, und seine schadhaften Stellen kaschierte sie mit unendlicher Geduld und Ausziehtusche.

«Bitte einsteigen und die Türen schließen!»

Mutti trat nah unter das Gangfenster, aus dem ich mich beugte. «Ogottogott» – ihre Unterlippe zitterte –, «wenn ich daran denke, was du dir eingebrockt hast, Kind! Ob ich wohl noch eine Nacht ruhig schlafen kann? Wenn dein Vater wüßte –!»

Mutti war die einzige, der ich mein Verlobungsmärchen und seine verzwickte Vorgeschichte anvertraut hatte.

Man sah ihrer zerknitterten Miene an, wie sie unter dieser Mitwisserschaft litt.

«Du mußt täglich schreiben. Leg einen Extrazettel für mich bei, den ich Vati und Susi nicht vorlesen muß.»

«Mach dir keine Sorgen, Liebes.»

Sie lief neben dem anfahrenden Zug her. «Der Frank ist doch ein vorsichtiger Fahrer?»

Ihre schmale schwarze Gestalt blieb immer mehr zurück.

«Mutti», schrie ich, butterweich bis in die Tränendrüsen und bestrebt, ihr noch etwas Schönes zu sagen, «in dem großen Weihnachtspaket ist ein Wintermantel für dich – reine Wolle –»

Zwei Minuten später saß ich im Speisewagen und blickte auf das vorbeigleitende Hamburg. Tristes Alltagsgrau mit papierdünner Schneedecke auf einigen Dächern. Als einzige Farbflecke ein Reklameplakat und die leuchtenden Apfelsinen vor der Markthalle. Schwarzes, öliges Wasser im Oberhafen. Kleine, dunkle, kältegekrümmte Gestalten.

Ich fand es auf einmal gar nicht mehr tragisch, Hamburg verlassen zu müssen. Ich fand es geradezu großartig, daß Juliane Thomas – bereits um acht Uhr früh von oben bis unten feingemacht – im warmen, gepflegten Speisewagen saß, eingehüllt in köstlichen Kaffeeduft – «Ein Gedeck mit Ei, vier Minuten gekocht, bitte» – und in die Schweiz fuhr.

Nach dem Frühstück zog ich Schweizer Prospekte aus der Tasche, die ich im Reisebüro besorgt hatte. Es war gewiß kein Fehler, sich über das Land seines «Verlobten» zu informieren, und ich wollte auch für alle hinterhältigen Fragen, die Frank auf der Fahrt stellen mochte, eine glaubwürdige Antwort parat haben.

Ich ging sehr gründlich vor, schrieb alle möglichen Fragen auf ein Papier und blätterte ihre Antworten aus den Prospekten zusammen.

Wo werden Sie in Zürich wohnen? – Herr Uri hat für mich im Baur au Lac ein Zimmer bestellt. Es ist das erste Hotel der Stadt.

Bleiben Sie über Neujahr in Zürich oder werden Sie noch woanders hinreisen? – Uri schrieb mir, daß wir an den Vierwaldstätter und Zuger See und selbstverständlich auch zum Rigi hinauffahren wollen.

Im ganzen schrieb ich zehn Fragen mit Antworten zusammen. Als ich in Hannover ausstieg, konnte ich die Prospekte auswendig hersagen einschließlich der Hotelpreise, Berghöhen und Küchenspezialitäten.

Mein Wissen verlieh mir eine Sicherheit, die sich nicht zuletzt in der gehobenen Haltung meiner Nase ausdrückte. Ich fand einen Fensterplatz im Bahnhofsrestaurant, von dem aus ich alle an- und abfahrenden Reisebusse, Autos und Straßenbahnen beobachten konnte.

Frank war nicht pünktlich. Um zwölf bestellte ich ein Bier und ein Gedeck. Gegen drei Uhr trank ich einen Kaffee und tippte mit sehr nervösen Fingerspitzen auf das Tischtuch. Um halb vier kam der Ober kassieren, weil sein Kollege meinen Tisch übernehmen sollte. Aber Frank kam nicht.

Es war seltsam. Ich zitterte vor Angst, zu spät zu einer Verlobung zu kommen, die überhaupt nicht stattfinden würde.

Und dann stand er plötzlich vor mir, ohne Hut und Mantel, einen Kamelhaarschal um den Hals geschlungen und die Handflächen ergebungsvoll erhoben. «Können Sie mir noch einmal verzeihen?»

Wenn er wollte, brachte dieser Mann sogar menschliche Töne aus seiner Kehle.

Aber jede Art von Frank – ob bösartig, spöttisch oder zerknirscht – war mir in diesem Augenblick recht, denn sein Erscheinen erlöste mich von meinem bangen Warten.

«Ich bin schuldlos. Wir starteten um sieben in Berlin. Die Autobahn war verdammt glatt, konnte zum Teil nur vierzig fahren. In Helmstedt wartete eine endlose Autoschlange. Haben geschlagene sechs Stunden warten müssen, bis wir abgefertigt wurden. Ich hatte nicht mit so starkem Weihnachtsverkehr gerechnet. – Wir fahren heute bis Heidelberg und übernachten dort.»

Vor dem Bahnhofsgebäude parkte Franks Wagen, ein unternehmungslustiger Anblick mit den Schiern auf dem Dach, gelben Koffern, karierten Plaids und den beiden sportlich gekleideten Männern.

Pips saß neben dem Steuer und studierte eine Autokarte. Als er seinen Vater sah, sagte er vorwurfsvoll: «Dir soll man schon was glauben! Zwei Minuten wolltste wegbleiben, genau zwölf sind's geworden.»

«Das hat man davon, wenn man naseweisen Bengeln Uhren schenkt», brummte Frank. «Los – hopp, mein Sohn, steig aus und begrüße Frau Thomas.»

Klammer auf: Weil ich eine Dame bin, die «im Berufsleben steht», nennt man mich allgemein «Frau Thomas», und ich widerspreche nicht, im Gegenteil. Die Bezeichnung «Fräulein» behagt mir nicht. Fräulein ist für mich das eine Bein, auf dem man nicht stehen kann, dagegen Frau . . . Klammer zu.

Pips faltete betont langsam die Autokarte zusammen und bequemte sich umständlich ins Freie. Ein Schopf strohiger Haare hing ihm in die Stirn. Er schielte daran vorbei zu mir heraus. «Ach – *Sie* sind das? Sie haben mich doch mal in Hamburg angesprochen.» Und er reichte mir eine klebrige Hand.

Ich war froh, daß Frank gerade meine Koffer verstaute und diese zweifelerweckende Äußerung nicht hörte. Sie hätte ihn gewiß zu ein paar treffenden Bemerkungen inspiriert.

«Möchten Sie lieber vorn oder hinten sitzen?» rief er um den Wagen herum. Pips sah mich beschwörend an: Wehe, wenn du ‹vorne› sagst! Das ist mein Platz. Sei froh, wenn wir dich überhaupt mitnehmen!

«Hinten», sagte ich folgsam.

Er atmete hörbar erleichtert, ging noch einmal mit prüfendem Blick um die große, schwarze Limousine herum und stieg als letzter ein. «Alles klar, Chef.» Darauf drückte er so gründlich auf die Hupe, daß sämtliche im Umkreis von zwanzig Metern befindlichen Personen erschrokken zusammenfuhren. Ich auch. «Auf nach Moritz!» brüllte er.

«Auf nach Moritz!» brüllte sein Vater.

Mit aufheulendem Motor schoß der Wagen aus der Reihe der parkenden Autos.

«Dieser Abgang hat gewiß nicht dazu beigetragen, die Liebe der Hannoveraner für die Berliner zu vertiefen», sagte ich.

Während der nächsten Stunden hatte ich Gelegenheit, die beiden Frankschen Hinterköpfe zu studieren – den hohen, silbergrauen über den ausladenden Schultern, und den verschnittenen, fahlblonden, der während der Fahrt immer tiefer rutschte.

Wenn Frank sich einmal zu mir umwandte, kam mich das Wundern an: sein Gesicht war viel zu jung für seine Haarfarbe, die eine Romanciere der Jahrhundertwende als «Großväterchens dichte Silberfäden» bezeichnet hätte. Dabei mochte er höchstens vierzig Jahre alt sein; aber das Haar mancher Leute konnte es ja nicht erwarten zu versilbern.

Wenn Pips einmal seine spröde Stimme benutzte, dann faltete ich betend die Hände, denn er sagte vorwurfsvoll: «Paps, Mensch, du kriechst ja!»

Paps' «Kriechen» bestand – wie ich nach einem erblassenden Blick auf den Tachometer feststellen mußte – in einem durchscnittlichen Hundertdreißig.

Warum hatte er es so eilig!? *Ich* konnte Zürich sehr gut erwarten. Aber natürlich, die beiden wollten zum Heiligen Abend in St. Moritz sein. Die beiden hatten ja ein Ziel, das nicht imaginär war.

Pips drehte am Radio von Tanzmusik zu Tanzmusik und fraß unaufhörlich Puffreis aus einer Knistertüte. Mir wurde flau vom bloßen Zusehen.

Ab und zu gab er seinem Vater fahrtechnische Ratschläge. Wollte ich nach Pips' Benehmen meine Existenz beurteilen, so war ich überhaupt nicht da. Er übersah mich völlig.

Einmal versuchte ich ein Gespräch mit ihm.

«Wo hast du denn Püppi gelassen?»

«Der versüßt unseren Hauswartsleuten das Weihnachtsfest», antwortete Frank für seinen Sohn. «Aber er hat uns eine Schmachtlocke als Talisman mit auf die Reise gegeben.» Er tippte gegen ein Büschel roter und weißer Haare, die, mit einem Goldbändchen zusammengebunden, vor der Windschutzscheibe baumelten.

«Ich habe noch mehr Talismänner mit», sagte Pips und zog Kostbarkeiten aus seiner Hosentasche: einen reitenden Mexikaner aus Stroh, eine Muschel mit bräunlichem Überzug, den ich für aufgeweichte Schokolade hielt, und einen angefressenen Teddy aus Zukkergummi, dessen Staubfarbe Büffel ein angeekeltes «Bäh» entrang. Selbstverständlich zeigte er diese Talismane nicht mir, sondern ausschließlich seinem Vater. Wie gesagt – ich war überhaupt nicht für ihn da.

Frank legte die Arme bis zu den Ellbogen zwischen das Abendbrotgeschirr und stieß zusammen mit dem Rauch seiner Nachtisch-Zigarette ein zufriedenes Grunzen aus.

«Ich freu mich auf St. Moritz. Hoffentlich haben wir anständigen Schnee und Sonne.»

«Und ich freue mich auf Zürich.»

«Kunststück», lachte er, «Herr Uri wartet sicher schon sehnsüchtig auf Sie.»

«Und wie!» Auf einmal wünschte ich, daß es wirklich diesen Herrn Uri gäbe, der sich nach mir verzehrte. Er hätte auch Berner heißen können – ich war gewiß nicht dagegen.

Frank betrachtete mich aufmerksam durch seine dicke Hornbrille. Plötzlich grinste er.

«Sie lachen mich aus, nicht wahr?» sagte ich mit stillem Vorwurf in der Stimme. «Verliebte Leute wirken immer komisch für denjenigen, der selbst nicht verliebt ist.»

«Paps is aber verliebt», meldete sich Pips, den ich ganz vergessen hatte.

«In wen denn, bitte?» erkundigte sich Frank interessiert.

«Na, in die mit den roten Haaren, die immer will, daß ich Tante Lizzi zu ihr sage.» Er stocherte lustlos die Nieren aus seinem Reisgericht. «Neulich fragte sie mich, ob ich nich wieder 'ne Mutter haben möchte. Die Lizzi will dich bestimmt heiraten. Und denn die Irene Szegedy, die will dich auch. Sie kenn'n doch die Szegedy, nich wahr, Frau Thomas? Ich mag sie nich, aber sie is mir ein prima Geschäft. Ein Autogramm von ihr is fünf Kaugummis wert – aber nich bloß gewöhnliche, sondern Bubble Gums, und wenn sie Paps besucht, denn laß ich mir von ihr immer ein Dutzend Postkarten unterschreiben und –»

«Knabe», sagte Frank streng, «iß deinen Reis auf! Noch eine vorlaute Bemerkung, und du fährst mit dem nächsten Zug nach Berlin zurück.»

Ich stand auf, um dorthin zu gehen, wo man in gepflegten Romanen niemals hingeht. Pips folgte mir, nicht zuletzt, um einem männlichen Gespräch unter vier Augen auszuweichen. Wir traten auf einen weißgekalkten, ungeheizten Flur. «Ihr's is hier», sagte Pips verbindlich. «Ich muß weiter runter.»

Er erwartete mich bereits, als ich wieder auf den Gang trat. «Sag jetzt lieber nichts Vorlautes mehr zu deinem Vater», riet ich ihm. «Sonst mußt du wirklich nach Berlin zurück.»

Pips lachte. «Glauben Sie das etwa? Dann wär Paps ja vor lauter Reue das ganze Moritz vermiest.» Er zog einmal kräftig hoch und musterte mich abschätzend. «Können Sie Schi laufen?»

«Ja, aber ich bin aus dem Training.»

«Ich kann ganz gut», sagte Pips.

Nach dieser kurzen Unterhaltung hatte ich das Gefühl, daß er mich ernst zu nehmen begann. Und das freute mich, denn als Frau ohne Sportmedaillen einem Jungen von elf Jahren zu gefallen, ist gar nicht so einfach.

«Mummi war eine prima Schiläuferin», sagte Pips, «aber sie kam ja auch aus Norwegen, und da lernen die Kinder eher Schi als richtig laufen.» Diese Bemerkung über seine Mutter erschien ihm wohl doch zu privat. Er riß darum die Tür zum Lokal auf und sagte kurz:

«Los, kommen Sie.»

Frank zahlte gerade, als wir an den Tisch traten. Er reichte mir meine Handtasche und Pips seine großkarierte Sportjacke.

«Zeit zum Weiterfahren», sagte er, und um seinen Mund war wieder dieses Grinsen, das mir unheimlich war, weil ich es nicht zu deuten wußte.

Hinter Frankfurt gehörte uns die Autobahn allein. Das gleichmäßige Brummen des Motors schläferte mich ein. Von Pips ragte nur mehr ein Stück Schopf über den Sitz. Er hatte sich zusammengerollt und schlief fest.

Es war ein angenehmer Zustand zwischen Wirklichkeit und Traum. Es gab nur unsere kleine Welt, bestehend aus Wärme, einem schlafenden Jungen, leiser Musik und einem Mann, der diese kleine Welt sicher und schnell von grauen, frierenden Städten fort in die weißglitzernden Schönheiten der Schweiz steuerte.

Ich zog Schuhe und Kostümjacke aus, baute mir aus einer Plaidrolle ein Kopfkissen und legte mich hin.

Frank blickte kurz über seine Schulter. «Bequem?» fragte er lächelnd.

«Meinetwegen könnte ich so bis Zürich durchfahren.»

«Wo werden Sie dort wohnen?»

Diese Frage gehörte zu denen, auf die ich mich präpariert hatte. «Herr Uri hat für mich im Baur au Lac ein Zimmer bestellt. Es ist das erste Hotel der Stadt», schnatterte ich.

«Ein herrliches Hotel», nickte Frank, «aber ganz hübsch teuer. Ihr Herr Uri scheint viel Geld zu haben.»

«O ja.»

Männer, die nur in der Phantasie existieren, haben immer sehr viel Geld.

«Werden Sie über Neujahr in Zürich bleiben, oder reisen Sie noch woanders hin?»

Auch für diese Frage hielt ich eine Antwort bereit. Es klappte einfach großartig.

«Uri schrieb mir, daß wir an den Vierwaldstätter und Zuger See und – und – eh –»

«– und selbstverständlich auch zum Rigi hinauffahren wollen», vollendete Frank glatt.

«Woher wissen Sie?» fragte ich erstaunt, denn so endete der aufgeschriebene Satz, der mir im Augenblick entfallen war.

Ich tastete rasch nach meiner Handtasche. Gott sei Dank, mein Zettel mit den aufgeschriebenen Prospektweisheiten war noch da. Frank konnte ihn also nicht gefunden haben.

«Ein Rigibesuch gehört nun mal zu einem längeren Aufenthalt in Zürich», sagte Frank. Er blendete die Scheinwerfer ab, denn auf der Gegenfahrbahn kroch ein Lastwagen herauf.

«Versuchen Sie zu schlafen.» Seine Stimme klang dunkel und ungewohnt weich. «Mein Pips pennt bereits die dritte Runde.»

Ich zog die Kostümjacke über meinen zusammengeklappten Körper und schlief sehr schnell ein.

Gegen acht Uhr wachte ich am nächsten Morgen im Heidelberger Hotelzimmer auf.

Von der Straße klang das Geräusch an- und abfahrender Autos herauf.

Im Nebenraum bei den Franks rumorte es beängstigend. Ich hörte laute, heftige Stimmen. Eine Tür knallte zu. Über den Flur klappten hastige Schritte. Dann war es still.

Ich schob die Hände unter den Kopf und tat das, was ich seit dem gestrigen Mittag vermieden hatte: ich dachte nach. Heute war der 24. Dezember. Heiligabend. Heute mittag würden wir in Zürich sein. Zehn einsame Tage mit ausgedehnten Spaziergängen und Postkartenschreiben lagen vor mir. Auf den feiertäglichen Gesichtern der Passanten würde ich lesen, daß Weihnachten war.

Seufzend stieß ich die Decke zurück und stand auf.

Im Frühstückszimmer saß Frank und blätterte in einer Zeitung am Stiel. Bei meinem Eintritt legte er sie auf den Stuhl neben sich und erhob sich genauso schlaksig, wie das sein Sohn zu tun pflegte.

«Wo ist Pips?» fragte ich nach der Begrüßung.

«Ab nach Kanada», grinste er, aber sein Grinsen war nicht gutartig.

«So – bloß nach Kanada. Dann wird er ja bald zurückkommen. Sie hatten eine Meinungsverschiedenheit heute früh?»

«Woher –»

«Es war nicht zu überhören.»

Frank klopfte wütend mit dem Löffel gegen sein gekochtes Ei. Armes Ei, dachte ich.

«Ich habe ihm eine gelangt, worauf er mir gestand, daß er mich satt habe und auswandern will», sagte er.

Zwischen jedem zornig gekauten Bissen Toast blickte er auf die Uhr an seinem Handgelenk. «Dieser verdammte Bengel.»

«Haben Sie ihn arg geschlagen?» fragte ich, deren Sympathien ganz auf Pipsens Seite lagen.

«Ach wo, er ist sehr gelenkig. Von fünf Schlägen gehen vier ins Leere.»

«Aber der fünfte», sagte ich schaudernd und hielt mir bei der bloßen Vorstellung die Backe. Wo dieser Mann hinschlug, da wuchs gewiß ein Bluterguß. «Ich möchte keine Prügel von Ihnen.»

Frank hielt mit dem Versuch, aus dem verstopften Salzstreuer ein paar Körnchen in sein Ei zu schütteln, inne.

«Sie halten mich für sehr gewalttätig?»

Ich nickte.

«Komisch.»

Er lächelte einen Augenblick ins Leere, dann setzte er wieder den Salzstreuer in Bewegung.

«Das haben mir schon mehrere Frauen gesagt. Pips' Mutter war klein und zart, aber sie hatte keine Angst vor mir.»

«Pips' Mutter ist schon lange tot?» fragte ich.

«Seit drei Jahren.» Und dann rief er: «An diesem blöden Ding kann man sich einen Tatterich anschütteln, ohne ein Körnchen herauszukriegen.»

Ich stand auf und erbat mir den Salzstreuer vom Nebentisch. «Vielleicht haben Sie mit diesem mehr Glück.»

Um zehn Uhr war Pips noch immer nicht aus «Kanada» zurück. Wir fuhren durch die winkligen Straßen Heidelbergs, nach einem hochaufgeschossenen Jungen mit blondem, verschnittenem Haarschopf suchend.

Mir fiel plötzlich auf, daß ich nur Sorge um den verschwundenen Pips zeigte und noch keinmal Herrn Uri erwähnt hatte, der mich «sehnsüchtig» in Zürich erwartete. Ich hatte meine Verlobung total vergessen. Es war höchste Zeit, das Gespräch auf sie zu bringen.

Ich schloß die Augen und versuchte, mich in die Lage einer Frau zu versetzen, die Angst hat, nicht rechtzeitig zu ihrer Verlobung zu kommen. Das Theaterspielen fiel mir in diesem Moment schwer.

«Werden wir bis heute nachmittag in Zürich sein?» begann ich.

Frank sah mich abwesend von der Seite an.

«Na ja, wegen meiner Verlobung. Jetzt sind alle Vorbereitungen getroffen, die Gäste eingeladen. Es ist mir schrecklich peinlich.» Besonders überzeugend klang meine Sorge nicht.

«Am besten, Sie fahren mit dem Zug weiter, wenn wir Pips nicht rechtzeitig finden», sagte Frank.

Daran lag mir absolut nichts, aber ich widersprach nicht.

Frank bog vom tannengeschmückten Markt in die Schloßstraße ein.

«Schon möglich, daß er seine Liebe zur Renaissance entdeckt hat und das Schloß besichtigt», überlegte er, während wir den Berg hinaufschossen.

Es erhob sich feierlich und rot vor uns, mit zarten Schneehauben geputzt. Wir ließen den Wagen auf dem Parkplatz.

«Wenn ich den Lümmel zu fassen kriege –» knirschte Frank, zehn lange, zornige Schritte vor mir den Schloßgarten durchschreitend.

Ich hechelte, die alten, ehrwürdigen Mauern für unsere banausenhafte Eile um Verzeihung bittend, hinter ihm her durch den großen Torbogen in den Schloßhof, der an diesem Weihnachtsmorgen verlassen und schläfrig dalag – wie etwa das Schloß von Dornröschens Vater König während der hundert verzauberten Jahre.

«Soviel kostbare Renaissance – alles umsonst gebaut», keuchte ich, atemlos vom Nachlaufen.

«Wieso?» fragte Frank schroff.

Ich packte ihn am Ärmel. «Ist Ihnen überhaupt klar, wo wir uns befinden?»

«Im Heidelberger Schloß – wo sonst?»

«Ja, und Sie haben nirgends Pietät, bloß Blutrausch. Heute ist Heiligabend, Herr Frank!»

Er machte sich ärgerlich los, und wir strebten – er zornig, ich beleidigt – nach verschiedenen Richtungen.

Plötzlich hörte ich eine Altmännerstimme durch die glasklare Stille zittern:

«Das war der Zwerg Perkeo im Heidelberger Schloß,
an Wuchse klein und winzig, an Durste riesengroß.
Man schalt ihn einen Narren, er dachte: Liebe Leut,
wärt ihr wie ich doch alle feucht-fröhlich und gescheut.»

Ich ging dem Gesang nach. Als ich den Altan betrat, schnitt der Wind für die Sonne ein Guckloch in die grauen Schneewolken. Der Neckar tief unten glitzerte silbern auf, die feuchten Dächer der Stadt blinkten, und vor mir stand ein alter Herr und sang wohlartikuliert, mit Tremolo und einer Dampfwolke vor dem Mund, für Pips Frank das Lied vom Zwerg Perkeo.

Der Junge hatte den einen Fuß um die Wade des anderen Beins gewickelt und hörte halb skeptisch, halb verlegen zu.

«Um lederne Ideen rauft man manch heißen Kampf,
es ist im Grund doch alles nur Nebel, Rauch und Dampf.
Die Wahrheit liegt im Weine. Beim Weinschlurf sonder End
erklär ich alter Narre fortan mich permanent.»

«Sie glauben doch wohl selber nicht, daß der kleine Zwerg das Riesenfaß im Schloßkeller ganz allein ausgesoffen hat?» fragte Pips schnell, ehe der Alte mit der nächsten Strophe beginnen konnte.

«Mein Junge, ist es bei einer Geschichte, die lange zurückliegt, so wichtig, ob sie wirklich passiert ist oder nicht? Die Hauptsache, sie gefällt einem.»

Ich hörte Schritte hinter mir: Frank trat auf den Altan. Pips bemerkte uns jetzt und rief vorwurfsvoll: «Wo wart ihr denn? Ich hab euch vorhin vergebens im Hotel gesucht, und da bin ich aufs Schloß gegangen.» Er reichte dem alten Herrn mit dem freundlichen Weihnachtsmanngesicht die Hand und sagte: «Ich muß jetzt nach Moritz fahren. Vielen Dank, daß Sie mir das Schloß gezeigt haben, und – frohe Weihnachten.»

Franks Zorn taute in mundoffenem Staunen, als er seinen Sprößling so wohlerzogen reden hörte.

«Ich wünsche dir ein gesegnetes Fest», sagte der alte Herr zu Pips und fügte mit einem freundlichen Seitenblick auf uns hinzu: «Deinen

Eltern auch.»

Pips riß den Mund auf: «Frau Thomas is nich meine –» und verstummte.

«Wie bitte?» fragte der alte Herr.

«Ach, nichts weiter.»

Wir gingen durch den eisigkalten, klebrig-feuchten Gang unter dem Friedrichsbau zurück über den Schloßhof, an all den hochmütigen Fürstenstandbildern vorbei zum Parkplatz.

Ich erwartete, daß nun die schreckliche väterliche Standpauke mit tätlichen Einlagen folgen würde, aber denkste.

«Wer war denn der alte Herr?» fragte Frank den nachdenklich zwischen uns wandernden Pips.

«Weiß nich. Ich traf ihn hier im Hof.»

«Vielleicht war es der Weihnachtsmann», überlegte ich.

«Schon möglich, aber singt der am Heiligabend das Lied vom Zwerg Perkeo, der sich zu Tode getrunken hat?» meinte Frank dagegen.

«Es gibt ja gar keinen Weihnachtsmann», lachte Pips uns aus.

«Wenn du erst mal so alt wie dein Vater bist, dann fängst du wieder an zu glauben, daß es einen gibt.» Franks Stimme klang sehr besinnlich.

Ich blickte verwundert zu ihm auf. Ein elegischer Büffel war mir neu.

Es war nach drei Uhr, ehe wir an die Weiterfahrt denken konnten – zu spät für die Franks, um noch rechtzeitig den Heiligen Abend in St. Moritz zu feiern, aber:

«– noch nicht zu spät für Ihre Verlobung, Frau Thomas. Wir werden rechtzeitig in Zürich sein», sagte Büffel, und dann sagte er – mir sträubten sich die Haare: «Wenn Sie ein mitfühlend Herz haben, laden Sie uns zu Ihrer Feier ein. Schließlich können Sie doch nicht zwei einsame Männer an diesem Abend in einem kargen Hotelzimmer verantworten!»

«Die Uris –» begann ich verzweifelt.

«Ja?»

«Also die Uris – wissen Sie, die sind sehr konservativ und –»

«Oh, ich habe einen Smoking mit.»

«Das meine ich nicht, sondern –»

«Pips benimmt sich bestimmt anständig.»

«Gibt's hinterher Eis und Pudding?» fragte Pips.

«Die Uris werden es gewiß – nun, komisch finden, wenn ich mit einem fremden Mann und seinem Sohn ...»

«Dann stellen Sie uns als Vetter und Neffen vor.»

«Aber ich mag nicht lügen.»

«Nein?»

«Nein.»

«Nie?»

«Es ist das beste, wenn ich von hier aus mit Zürich telefoniere.» Mit diesen blaß gesprochenen Worten rettete ich mich von den beiden aufdringlichen Männern fort in mein Hotelzimmer. In der nächsten halben Stunde brütete ich – auf dem Bettrand hockend – einen argen Toback aus, für den sich mein Verstand noch heute schämt. Aber diese neue Lüge – so blödsinnig sie auch sein mochte – half mir, den Urischwindel zu retten.

Paul Frank lag angezogen auf dem Bett, als ich sein Zimmer betrat. Er wirkte vor meinen Augen so verschwommen wie ein verwackeltes Foto, denn ich weinte. Ich schluchzte herzzerbrechend.

«Aber, aber! Was muß Julchen für ein schlimmes Feuer löschen!» Er sprang auf und nahm mich in den Arm. Ich heulte einen Fleck auf sein Hemd, der Fleck ergab beim Auftrocknen einen Rand, denn er war fettig von dem Massageöl, das ich mir – als Ersatz für Zwiebeln, die bekanntlich sehr heulwirksam sind – auf die Liderränder geschmiert hatte.

«Ich – habe eben – fh – mit Zühürich – gesprochen – fh. Uri hat gestern – fhfh – immerzu vergebens mit Hamburg telefoniert – ahaber – ich war schon weg.»

«Na und?»

«Keine Verlobung.»

«Armes Julchen!» Büffel streichelte meinen Rücken – es war ganz angenehm.

«Sein Vater ist – fh – gestern früh in Sizilien gestohorben. Uri muß natürlich hin. Kann nich – fh – mehr auf mein Kommen warten. Verlobung ist – fh – jetzt erst zu Ohostern.»

«Ostern ist ja auch bald», tröstete Frank und führte mich zu einem Sessel. Er blickte nicht sonderlich erschüttert auf mich herab. «Was machen wir nun mit Ihnen? Wollen Sie trotzdem nach Zürich fahren oder nach Hamburg zurück oder – warten Sie mal, ich habe eine Idee. Kommen Sie mit nach St. Moritz!»

Mit dieser berauschenden Möglichkeit hatte ich nicht mal in meinen kühnsten Träumen gerechnet. Kein einsames Weihnachten in Zürich!

Dafür St. Moritz! Berner! Ich würde schon morgen bei Berner sein!!

Es gab noch einen gnädig lächelnden Weihnachtsmann für Julchen Thomas, einen, der außer Dienst aufs Heidelberger Schloß wanderte und mit zitternden, frostroten Backen und tremolierender Stimme «Liebe Leut'! Wärt ihr wie ich doch alle feucht-fröhlich und gescheut!» sang.

«Kommen Sie mit?» fragte Frank.

«Ja-fh.»

«Dann hören Sie auf zu weinen.»

«Kann nicht.» Es ging wirklich nicht. Das Öl brannte noch immer teuflisch in meinen Augen.

Am Nachmittag ging jeder für sich aus. In der belebten Hauptstraße jagten Frauen mit abgehetzten Gesichtern und Netzen, die all das enthielten, was man bei einem Festtagseinkauf bis zuletzt vergißt, an mir vorbei. Zwei Jungen in Pips' Alter spielten mit einer Weihnachtsmannmaske. Alte Leute machten sich mit vollen Taschen auf den Weg zu ihren Kindern, bei denen sie den Abend feiern wollten. An einer Ecke wurden noch die letzten Tannenbäume verkauft. Vor allem aber sah ich Männer, die auf Parfümerie-, Buch- und Blumenläden zustürmten, um ihre Lieben nach der Stoppuhr zu beschenken. Es war genauso wie in jeder anderen Stadt um diese Zeit.

Und dann begegnete ich Pips. Er stand neben einem blinden Harmoniumspieler und betrachtete mit ernstem, verfrorenem Gesicht dessen Schäferhund, der unbeweglich wie eine Sphinx zwischen zwei Pferdedecken lag. Der Blinde spielte «Stille Nacht, heilige Nacht», und Pips kramte aus seiner Manteltasche einen Groschen, den er in die Blechbüchse auf dem Harmonium steckte.

«Ich habe zu Hause einen Bernhardiner –» sagte er halblaut und sehr verlegen zu dem Blinden, dann sah er mich. «Was Püppi wohl macht? Wir waren Weihnachten noch nie zusammen.»

Am Heiligabend sind selbst hartgesottene Männer von elf Jahren für «Sentimentalitäten» zugänglich, darum wagte ich den Vorschlag: «Wollen wir fürs Hotelzimmer ein Tannentöpfchen und Kerzen besorgen?»

Pips überlegte einen Augenblick. «Nee, lieber nich, sonst schnauzt Paps den ganzen Abend mit uns rum, oder er betüdelt sich. Heiligabend is Paps nich besonders nett.»

Ich legte beim Weitergehen meine Hand auf seine Schulter. Er machte sich ganz steif darunter, aber er schüttelte sie nicht ab. Wir sprachen nicht. Ich dachte an zu Hause, an Vatis Kampf mit dem Karpfen in der Badewanne, an Susi, die ihre Geschenke in Form von schriftlichen Versprechungen auf den Gabentisch legte, auf den Takt der Familie bauend, die nicht auf die Einlösung ihrer Gutscheine pochen würde. Und ich sah Mutti vor mir durch die Straßen hetzen mit einem Netz, in dem vergessenes Brot, Salz und Streichhölzer lagen. Ich fühlte ihre besorgten Gedanken . . .

Woran Pips dachte, wußte ich nicht. Vor einem Andenkengeschäft kam plötzlich Leben in die Schulter, auf der meine Hand noch immer lag. Die Fensterauslage war angefüllt mit «Grüßen aus Heidelberg» in Gips, Porzellan und Holz: Nachbildungen des brennenden Schlosses, Vasen mit drallen, kolorierten Saaltöchtern und Zwerg Perkeo in allen Größen und Preislagen.

«Schön, nich?» seufzte Pips.

Ich kurbelte meinen Geschmack um achtzehn Jahre zurück und mußte ihm recht geben. Diese Perkeos waren wundervolle Talismane für die Hosentaschen.

«Lauf mal zum Briefkasten und steck meine Post ein», bat ich ihn und kaufte eilig einen Perkeo mittlerer Preislage.

Um sieben Uhr hatten wir uns mit Frank in der Hotelhalle verabredet. Er saß bereits im dunklen Anzug, halbverdeckt von einer aufgeschlagenen Zeitung, in einem Sessel, als wir eintraten.

«Wir waren noch in der Heiliggeistkirche», sagte ich, und Pips nickte zu meinen Worten mit ernstem Gesicht.

«Hoffentlich habt ihr für mich mitgebetet.» Frank trank mit einem Zug ein Glas Cognac aus. Seinen geröteten Augen sah man an, daß es nicht das erste war. «Zieht euch rasch um, ich habe Hunger.»

«So brummig ist er Heiligabend immer», sagte Pips, als wir zu unseren Zimmern hinauffuhren. «Aber man darf es ihm nicht übelnehmen», fügte er hinzu. «Paps hat nun mal einen Heidenschiß vor Feierlichkeiten.»

Frank besaß wirklich einen verständnisvollen Sohn, der tapfer seine eigenen bunten, frohen Vorstellungen von Weihnachten runterschluckte und zudem noch eine Entschuldigung für seinen mißgelaunten, feigen Vater fand.

Ich hatte kaum meine Zimmertür hinter mir geschlossen, da wurde sie von außen aufgerissen.

«Kommen Sie mal», sagte Pips.

Auf seinem Nachttisch stand ein Tannenbaumbaby mit dünnen,

schiefen Kerzen, die aufgeregt flackerten und klecksten. Auf dem Bett daneben lagen eingewickelte Päckchen.

Pips atmete geräuschvoll durch die Nase. Sein fest geschlossener Mund zog sich in eine unwahrscheinliche Breite und platzte in einem glucksenden, glücklichen Lachen auseinander.

«– aber rauf traut er sich jetzt nich», war alles, was er endlich hervorbrachte.

Ich dachte an Büffel, der elegant und voller Cognac unten in der Hotelhalle saß. Am liebsten wäre ich zu ihm gelaufen, hätte ihn an den Schultern gepackt und tüchtig geschüttelt: «Mut, Mann! Komm herauf und guck dir an, wie sehr Pips sich freut und freu dich auch ein bißchen.»

«Was schenkst du ihm denn?» fragte ich Pips.

«'nen Schlips.» Er war bereits beim Aufknibbern der verknoteten Schleifen an seinen Päckchen. «Er liegt in Seidenpapier in meinem Koffer. Sie können sich ihn ja mal ansehen.»

Ich sah ihn mir an und war auf einmal mächtig fröhlich. Der Schlips aus dunkelgrüner Kunstseide trug ein herrliches Gemälde: unter maigrünen Palmen wand sich ein rosabraunes, gut genährtes Hawaimädchen im Hulahula-Rock. Im Hintergrund auf kornblumenblauer See ein weißes Schiff mit grauen Dampfwolken.

«Großartig», sagte ich, «er wird besonders gut zu bunten Schihemden passen.»

«Aber erst zum dunklen Anzug! Schade, daß Paps heute schon einen umhat.»

Ja, sehr schade, dachte ich.

«Hier ist ein Päckchen für Sie.» Pips gab mir einen Karton, auf dem mein Name stand. Er enthielt ein Parfum, «Engagement» genannt. Frank hatte mit Tinte davor «Zürcher» geschrieben.

«Zürcher Verlobung» – jetzt hatte meine Schwindelei sogar schon einen Duft!

Pips' Päckchen enthielten nützliche Geschenke – Schipullover, Handschuhe, karierte Strümpfe, einen Anorak ...

«Und die Schier hab ich auch neu gekriegt und viele Bücher», erzählte er voll Eifer.

Ich zog Perkeo aus der Tasche und stellte ihn unter das Weihnachtsbäumchen. Pips, der mich beobachtet hatte, wurde dunkelrot, knisterte mit dem Einwickelpapier auf seinem Bett und schielte von Zeit zu Zeit auf den Zwerg. Schließlich nahm er ihn in die Hand.

«Als Talisman», sagte ich genauso verlegen wie er.

«Danke», sagte Pips.

Der exotische Schlips half ungemein zur Aufheiterung von Franks Stimmung. Er streute Asche auf das Glatteis der Rührung, auf dem Büffel brummend im Kreise geschliddert war. Und ich vergaß an diesem Abend, daß ich mich auf das Wiedersehen mit Berner freute. Unsere «Dreieinigkeit» füllte mich ganz aus.

Als ich kurz nach Mitternacht mein Zimmer betrat, fand ich auf meinem Kopfkissen den zerdrückten Mexikaner aus Stroh, der die Reise von Berlin nach Heidelberg in Pipsens Hosentasche mitgemacht hatte.

Am nächsten Morgen schien die Sonne. Das feierliche Läuten der Kirchenglocken begleitete uns aus Heidelberg heraus. Man gab uns sozusagen das Geläut.

Ich hatte so viel «Zürcher Verlobung» über mich verteilt, daß wir den Wagen lüften mußten. Pips trug selbstverständlich seine Weihnachtsgeschenke, die ihm alle eine Nummer zu groß waren.

Nur Frank hatte zu unserem heftigen Bedauern sein bildschönes Hulamädchen nicht umgebunden. Er meinte, es sei zu leicht bekleidet für die winterliche Temperatur und könnte sich an seinem Hals erkälten. (Ich bin gespannt, was er im Sommer für eine Ausrede erfinden wird, um den Schlips nicht umbinden zu müssen.)

Während der Wagen durch die schneeglitzernde Feiertagslandschaft glitt, sang er selbstgedichtete Lieder mit rauhem Baß.

«War einst ein Zwerg im Heidelberger Schloß,
sein Durst war riesengroß.
Riesengroß war der Dorst vom kleinen Zwerg
im Heidelberger Schloß.
Der Zwerg war riesengroß ...»

Pips tippte erst kopfschüttelnd gegen seine Stirn, dann krähte er den Unfug mit, und mir blieb nur eine Möglichkeit, das Franksche Duett gesund zu überstehen: ich mußte auch singen.

«Kinder, schämt euch», sagte Büffel plötzlich ernst. «Heute ist Weihnachten.»

Irgendwo weit in der Vergangenheit lag eine ernste, feuchtkalte Stadt, die Hamburg hieß, und auf uns wartete eine Pension im – hoffentlich – sonnigen St. Moritz. Noch an diesem Tage würden wir vor ihrem Eingang halten. Ein Mann würde uns entgegenkommen, ein schöner Riese mit zärtlichen braunen Augen – Berner.

Meine Gedanken sprangen leichtfüßig über den Kühler des Wagens, über schneebedeckte Berge hinweg direkt in seine Arme.

«Wird es Ihrem Freund auch recht sein, wenn ich mitkomme?» fragte ich.

«Oh, ihm ist jeder Gast recht.»

«Onkel Veit is dufte», bestätigte Pips.

Veit hieß Berner also – Veit Berner. Hübsch. Ob er mich überhaupt wiedererkennen würde?

In Zürich machten wir Station. Frank schlug eine Stadtrundfahrt vor dem Essen vor.

«Sie sind doch sicher neugierig auf Zürich, Frau Thomas. Und wenn schon nicht Ihren Zukünftigen, so möchten Sie gewiß das Haus sehen, in dem er wohnt.»

Aber ich war überhaupt nicht neugierig darauf. Ich wollte auch keine neuen Lügen erfinden müssen, wenigstens heute, am heiligen Weihnachten nicht, ich wollte –

«Essen, Paps. Gehn wir bloß erst was essen, sonst fall ich tot um, bestimmt. Hörst du, wie mein Magen kollert?»

Frank blieb nichts anderes übrig, als das nächste gute Restaurant anzusteuern, denn wenn Pips' Magen kollerte ...

Mein Urischwindel war noch einmal gerettet. Aber wie lange noch, wie lange ...

Bei der Bouillon überlegte ich, ob es nicht das günstigste sei, Frank die Wahrheit zu sagen. «Ja, ich bin in Ihren Freund verliebt, und im Drehbuch hab ich meine Verliebtheit mangels befriedigender Realitäten ein bißchen ausgesponnen. Schriftliches Träumen ist schließlich nicht verboten, oder? Aber weil ich mich schämte, es einzugestehen, erfand ich die anstrengenden Uris. Und jetzt dürfen Sie über mich lachen.»

Beim Hauptgericht meldete sich mein Stolz. «Du kannst dich doch nicht vor Frank bloßstellen. Er ist auch nur ein Mensch, Juliane. Er hat auch seinen Stolz – und die Büffelrolle im Drehbuch ist noch immer ungesühnt! Er wird sich rächen –»

«Sie essen gar nichts, Frau Thomas. Ist Ihnen nicht gut?»

«Doch – nein – ich habe gerade nachgedacht.»

«Verstehe», sagte er teilnahmsvoll, «hier in Zürich –»

Nach dem Omelette telefonierte Frank mit einem Freund. In dieser Zeit sah ich Pipsens Ohren förmlich wachsen, während sie die halblauten, satten Gespräche an den Nebentischen fraßen. Und als Frank endlich wieder an unseren Tisch trat, sagte er vorwurfsvoll: «'s isch lengst Zyt zum Fahre, und du kummst und kummst nit.» Frank blieb unbeeindruckt von den schwyzerdütschen Kenntnissen seines Sohnes.

«Onkel Jean läßt dich herzlich grüßen, Pips.» Dann wandte er sich an mich. «Wir haben noch ein paar Stunden Helligkeit vor uns. Ich zeige Ihnen ein bißchen von der Schweiz.»

St. Moritz war schon schlafen gegangen, als wir ankamen. Nur in den großen Hotelpalästen, die sich schwarz gegen den blauen Schnee abhoben, brannte noch vereinzelt eine Lampe. Frank stoppte den Wagen, kurbelte die Scheibe neben sich herunter und atmete tief. «Schön?»

«Ja», sagte ich, «aber dieses Lüftchen weht weit über meine Verhältnisse. Wenn ich bedenke – mit meinen begrenzten Finanzen fahre ich leichtfertig in den teuersten Schnee Europas!»

«So fängt jeder Hochstapler mal an», nickte Frank. Er nahm die Brille ab, massierte seine Augen mit Zeigefinger und Daumen und wandte sich grinsend zu mir um. Ahnte er meine wahren Gedanken, die sich keineswegs um läppische Finanzen drehten, sondern um seinen Freund Berner?

«Mach's Fenschter zue, 's gibt kalt», befahl Pips.

Der Wagen glitt kaum hörbar über den Schnee durch das Dorf, bog an ein paar angeheiterten Nachtschwärmern vorbei links in eine enge Gasse ein und hielt vor einem matt beleuchteten Pensionseingang.

Frank ließ die Hupe aufheulen. «So, das wäre geschafft.» Er stieg aus und ging, seine steifen Glieder schüttelnd, auf die Haustür zu, im gleichen Augenblick, als diese von innen aufgerissen wurde.

Eine Lichtflut fiel in den Schnee. Ich sah einen kleinen korpulenten Mann, der hastig den Gürtel seiner Hose zuzog. Über seine geöffnete Joppe kringelte sich ein gestreifter Pyjamakragen. Die Haare standen ihm zu Berge, und seine Augen waren dickgepolstert vom tiefen Schlaf, aus dem ihn das Hupen gerissen haben mochte. Er sah so freundlich und menschlich aus, wie man sich seinen besten Freund vorstellt, und stürzte mit begeisterten Freiübungen auf Frank zu.

«Grüezi miteinand!»

Die beiden Männer klopften sich so eifrig die gegenseitigen Rücken, als ob sie sich zu gleicher Zeit verschluckt hätten. Aber wo blieb Berner?

Pips war jetzt auch ausgestiegen und lag steif in der herzlichen Umarmung des Schweizers.

«Ich habe eine gute Bekannte aus Hamburg mitgebracht», sagte Frank und half mir aus dem Wagen. «Mein Freund Veit Lauffer – Frau Thomas. Du hast doch hoffentlich noch ein Zimmer für sie frei?»

Veit Lauffer? *Lauffer*, nicht Berner? Aber das war doch nicht möglich, das durfte doch nicht wahr sein!

Meine Blicke flirrten fragend zu Frank. Er schob seine vermaledeite Zigarettenspitze von einem Mundwinkel zum anderen und lächelte haarscharf an meinem Ohr vorbei in die Nacht.

Er konnte schließlich nichts dafür, daß er zwei Freunde in der Schweiz und ich angenommen hatte, der Hotelier in St. Moritz sei Berner. Er konnte absolut nichts dafür, aber ich nahm's ihm trotzdem übel.

Was sollte ich hier ohne Berner? Die entsetzlich teure Luft atmen und die Berge angucken? Doch was nützt einem – als Frau – der stolze Anblick eines Piz Rosatsch oder Nair, wenn man bei ihrer Betrachtung völlig deplacierte Kleidung trägt!

Ich hatte weder lange Hosen noch Schistiefel, ja nicht einmal ein paar Galoschen mit, die dem Schnee den Zugang zu meinen Füßen verwehren konnten. Und ich hatte gar keine Lust, mein schönes Geld für eine Schiausrüstung auszugeben, die ich – außer in diesen zehn Tagen – nie mehr tragen würde! Gewiß, wenn Berner hier gewesen wäre, hätte sich eine solche Ausgabe schon gelohnt.

Am ersten Morgen klopfte ich an Franks Zimmertür.

«Herein.»

Er lag noch im Bett, mit schlafwirren Haaren und weit ausgebreiteten Armen – sicher hatte ich ihn gerade beim intensiven Recken gestört. «Morgen, Julchen. Gut geschlafen?»

«Danke.» Das Zimmer war eisig kalt von der Nachtluft, es roch gar nicht verschlafen, sondern wunderbar nach Yardley-Öl. Mir war der Mann, der mich mit so vertraulicher Freimütigkeit im Bett empfing, zum Erröten peinlich ...

«– aber bleiben Sie doch hier, Frau Thomas!»

... und ich strebte, einen zweiten Blick in seine Richtung vermeidend, zum Fenster.

Vor dem Pensionseingang sah ich Pips und Veit Lauffers kugelrunden Sohn Karli, der ihm das Sofa in seinem Kinderzimmer als Nachtquartier abgetreten hatte. Karli drehte gerade den Zwerg Perkeo bewundernd in seinen Händen. Jetzt zog Pips auch noch den verstaubten Gummizuckerbären aus der Hosentasche und erlaubte dem Freund, ein Stück von ihm abzubeißen. Ich schüttelte mich.

«Sie machen ein Profil, als ob es draußen regnet», sagte Frank hinter mir. «Was ist los?»

«Ich sehe Ihren Sohn. Ich sehe aber außerdem zwei junge Mädchen in leuchtenden Anoraks und maßgeschneiderten Keilhosen.»

«Sind sie hübsch?» Hinter mir knarrte die Bettmatratze. Frank trat ans Fenster und blickte interessiert hinaus.

«Sie sind vor allem hübsch angezogen, und ich habe nicht einmal eine Schihose da.»

«Dann kaufen wir eben eine.» Er ging zum Waschbecken. Seine dunkelblaue Pyjamajacke flog durchs Zimmer auf das Bett. Er reckte seine Schultern nicht ohne Wohlgefallen.

«Aber ich habe kein Geld dafür übrig, und geschenkt will ich nichts.» (Gott, war ich trotzig.)

«Natürlich», sagte Frank, «bei ausgeprägtem Geiz darf man sich keine Eitelkeit leisten. – Sie können ruhig hierbleiben», fügte er hinzu, als ich an ihm vorbei zur Zimmertür eilte – seine Pyjamahose saß so panikerregend locker auf seinen Hüften! «Ich ziehe mich jetzt an. Dann frühstücken wir. Hinterher machen wir einen Spaziergang durch St. Moritz.» Sein Rasierapparat surrte eine kühne Kurve. «Ich zeige Ihnen den schiefen Turm, den See und vor allem den Bahnhof. Der wird Sie doch sicher interessieren, zumal seine Betrachtung mit keinen Kosten verbunden ist.»

Das war eine Spitze gegen meinen «Geiz».

«Vor allem aber müssen Sie Heidi Lauffer kennenlernen. Sie ist eine reizende Person und schafft die besten Käseraviolis, die ich je gegessen habe. Aber Sie dürfen nicht mit Ihrem Veiti flirten, sonst wird sie fuchsteufelswild.»

«Ich habe überhaupt nicht vor, hier zu flirten», sagte ich kühl.

«Welch löblicher Vorsatz – den man allerdings in Husum besser einhalten kann als in St. Moritz.» Seine Stimme ging in einem Wasserprusten unter, und ich hütete mich, den Kopf zu wenden. Ich starrte mich an der Hausordnung fest, die neben der Tür hing, und las ihren Text in Englisch, Deutsch, Französisch . . .

«Woher kennen Sie Veit Lauffer, Herr Frank?»

«Er lernte Kellner in dem Meraner Hotel, in dem ich einmal mit meiner Mutter wohnte. Wir freundeten uns an. Später besuchte er mich in Berlin, und ich fuhr im Winter zu seinem Vater, der damals noch die Pension hier leitete –» Seine letzten Worte sprach er dumpf in ein rubbelndes Frottiertuch. «Mit Veit konnte man früher Pferde stehlen.»

«Jetzt nicht mehr?»

«Jetzt ist er vor allem mit Heidi verheiratet.» Eine Flasche klirrte auf dem gläsernen Bord über dem Waschtisch, gleich darauf verbreitete sich ein angenehmer, herber Geruch im Zimmer. Dieser Frank hatte mehr Düfte im Reisegepäck als ich.

«Übrigens lernte ich durch Veit auch Berner kennen.»

Ich fühlte seinen Blick im Rücken und quälte mich – rot bis an die Ohren – durch den italienischen Teil der Hausordnung.

«Sein Vater hat ein Lungensanatorium in Davos. Jean ist auch Arzt. In Zürich. Sie wissen ja, ich habe gestern mit ihm telefoniert.»

Mein Atem geriet merklich aus dem Takt. Da war ich Idiot mit nach St. Moritz gefahren, anstatt wie beabsichtigt in Zürich zu bleiben, in der festen Annahme, Berner sei der Hotelier . . .

Ich hatte keinen Schutzengel mehr, bloß noch einen Schutzteufel, der sich auf meine Kosten blendend amüsierte.

Die Tür des Kleiderschrankes knarrte. Ich vernahm ein leises Rascheln hinter mir, mit dem Franks Pyjamahose zu Boden glitt, und verließ fluchtartig das Zimmer.

Heidi Lauffer war wirklich eine reizende Person. Sie lieh mir eine Keilhose aus braunem Gabardine. In der Länge paßte sie, in der Taille konnte ich sie zusammenstecken, bloß der Hintern hing mir bis in die Kniekehlen, denn um diese Gegend war Heidi doppelt so stark wie ich.

Franks grober sandfarbener Pullover verdeckte zum Teil den plattgefalteten Hosenpopo. Schischuhe bekam ich von Veit Lauffer. Mit zwei Paar gepumpten Socken schluppten sie nur noch ein wenig. Pips trat mir seine neuen Norwegerfäustlinge ab, und Schier erhielt ich von Heidi.

Julchens Schidreß sah ganz passabel aus, wenigstens von vorn. Als ich den großmütigen Verborgern meine Kehrseite hinhielt, wurden sie unbändig fröhlich. Beim Mittagessen erklärte Pips kauend: «Wissen Sie, Frau Thomas, Sie laufen genauso Schi, wie Sie von hinten aussehen.» Ich war großartiger Stimmung, das dürfen Sie mir glauben.

Wirklich, meine Stimmung wuchs von Stunde zu Stunde. Und daran hatte Jacqueline schuld.

Wir lagen oberhalb des Dorfes vor einem Holzhaus in der Sonne und beobachteten ein Taxiflugzeug, das aus der blauen, flirrenden Luft auf den See hinunterglitt. Neben mir seufzte Frank vor Wohlbehagen. Er trug sich sportlich-elegant, und die tiefe Sonnenbräune stand ihm gut zu seinem grauen Haar. Kein Wunder, daß sich Jacqueline in ihn verliebt hatte. Sie kniete gerade zwischen zwei unbesetzten Liegestühlen und knipste ihn. Er rief ihr etwas auf französisch zu, das ich nicht verstand – man hätte in der Schule doch besser aufpassen sollen! –, und sie hob die linke Hand zu einem zärtlichen Wedeln über den Kopf. Verliebte Leute gebärden sich mächtig albern.

Wir hatten Jacqueline in der Karussellbar des Suvrettahauses kennengelernt, und seitdem spürte ich mit bedrückender Deutlichkeit, daß meine Anwesenheit störte. Ich war so überflüssig wie ein Blinddarm . . .

Jacqueline lief ausgezeichnet Schi. Sie war bezaubernd hübsch, raffiniert und reich. Und seitdem wir sie kannten, verfügte Pips über eine erstaunliche Menge von Kaugummis. Die Frauen – ob Deutsche oder Französin – witterten sofort: am gründlichsten kam man an Frank via seinen Steppke heran.

«Nun –» Büffels Hand fiel faul auf meinen Arm – «es läßt sich hier leben, nicht wahr?»

«Es läßt sich hier großartig das mühsam Ersparte ausgeben», murmelte ich düster.

Er raffte sich zu einem verärgerten Gesicht auf. «Hören Sie endlich auf, das beleidigte Julchen zu spielen. Niemand hat Ihnen etwas getan. Die Sonne scheint für Sie, das ganze Panorama glitzert Ihnen zu Ehren . . .» Er kam nicht weiter, denn Jacqueline schwang sich auf seinen Stuhl und küßte ihn auf die Nase. Und der Witwer aus Berlin grub seine Hände in ihr glänzendes schwarzes Haar, und ich guckte böse weg.

«Sind Sie etwa eifersüchtig?» lachte Frank.

«Ph – eifersüchtig!» Doch er hörte mich nicht mehr, er hatte sich ganz und gar dem Studium von Jacquelines hübschem Gesicht zugewandt. Eifersüchtig! Warum sollte ich . . . aber morgen früh, das schwor ich mir, morgen früh wollte ich die schickste Keilhose von St. Moritz kaufen, egal, was sie kosten würde.

Die Abfahrt vom Restaurant ins Tal bedeutete eine neue Pein für mich, denn die beiden nahmen mich in die Mitte und paßten auf jeden meiner abstrakten Schischritte auf, als ob ich ein Baby bei den ersten Gehversuchen wäre. Ihr Mitleid und ihre gutgemeinte Hilfe ärgerten mich bald noch mehr als ihre rücksichtslosen Zärtlichkeiten füreinander.

Ich spürte plötzlich, wie der Fahrtwind meinen unausgefüllten Hosenhintern blähte. Ich flatterte mit Gottvertrauen und zusammen-

Es läßt sich hier großartig . . .

... das mühsam Ersparte ausgeben, stöhnt Julchen. Dabei ist das Leben in St. Moritz auch nicht teurer als anderswo, etwa in Gstaad oder Acapulco. Und die Sonne, die Berge, der Schnee, die Luft – alles zwar etwas besser als in Wanne-Eickel, aber ebenso umsonst zu haben.

Der Unterschied zwischen St. Moritz und Orten wie Uchenhofen oder Neuglasau besteht nur darin, daß die Verlockungen zum Geldausgeben verschieden groß sind. In Dorfmerkingen fällt man auf, wenn man Geld hat, in St. Moritz oder Gstaad, wenn man keines hat. Und wo man mit Geld nicht angeben kann, macht das Ausgeben nur halb soviel Spaß. Deshalb fällt das Sparen in Drachselsried leichter als in St. Moritz.

gepreßten Lippen zwischen Frank und Jacqueline den Abhang hinunter – immer schneller – noch schneller – meine Schier hoben sich über einen Buckel – ich schwebte sekundenlang – ein Gipsverband ist wahrscheinlich irrsinnig teuer hier – die beiden waren fort – rums, da war wieder Abhang unter meinen Füßen – um Gottes willen, eine Tannengruppe, muß das sein? – Hindurrrrch – jemand schreit hinter mir meinen Namen – die Bretter rasen vor mir her, ziehen mich mit – ob ich jemals Hamburg wiedersehe, die schöne alte Hansestadt ohne gefährliche Abhänge? – und Mutti? – um mich ist unberührter Schnee – schon wieder springe ich – bei einem Rennen würde ich wahrscheinlich siegen – jetzt!!! Alles ist weiß und naß und kalt – ich sehe nichts mehr. Und da sparen manche Leute das ganze Jahr, um vierzehn Tage zum Wintersport zu fahren.

Franks erschrockenes dunkles Gesicht schälte sich als erstes Erkennbares aus der Wolke Pulverschnee, die ich aufgerührt hatte. «Ist dir etwas passiert?»

Ich spürte seinen warmen Atem an meiner Wange, er hob mich vorsichtig auf. Der Riemen des einen Stockes war durchgerissen, mein Handgelenk schmerzte, aber ich sagte kühl: «Was wollen Sie? Es war eine herrliche Abfahrt.»

Jetzt stoppte Jacqueline in einer Pulverwolke neben uns und brach in wildes Gelächter aus. Wir schauten sie verständnislos an und dann in Richtung ihres abwärts weisenden Fingers, gerade noch rechtzeitig, um meinen linken Schi mit Veits zu großem Schuh darauf in einer Mulde verschwinden zu sehen.

Am nächsten Morgen kaufte ich unter Franks Assistenz eine blödsinnig teure, aber herrlich sitzende sandfarbene Schihose, sozusagen den Dernier Schrei von St. Moritz.

«Die weihen wir mit einer Abfahrt von Corviglia ein», sagte er.

«Die weihen wir nicht», sagte ich bestimmt. «Soll ich mir gleich am ersten Tag, an dem ich sie besitze, die Kehrseite blank scheuern?» Mir saß mein rasanter Sturz vom Vortage noch zu schmerzhaft in allen Gliedern, und somit ließ ich die beiden allein nach Corviglia hinauffahren.

Ich trug die Hose vormittags im Dorf spazieren, nach dem Mittagessen legte ich mich hinter der Pension in die Sonne. Es war Sonnabend. Veit Lauffer hatte sich mit einheimischen Freunden zum Eisschießen verabredet, einem bedächtigen Sport, bei dem die Beteiligten ähnliche Gesichter machen wie Schachspieler.

Pips amüsierte sich auf dem See mit einem alten zersplitterten Hokkeyschläger, den er Karli für zwölf Kaugummis abgehandelt hatte. Ich hörte entferntes Lachen, Rufe – es klang wie im Sommer, wenn man in der Nähe einer Badeanstalt liegt –, dann hörte ich noch das Klatschen von Schiern, als ein Mann, die Stöcke unter die Achseln gepreßt, im raschen Schlittschuhschritt die ansteigende Straße herunterkam ... und dann nichts mehr. Die zwei Dezi Tessiner Wein, die ich zu Mittag getrunken hatte, schläferten mich ein.

Ein dumpfer, schwerer Automotor brummte auf und verstummte – das mochte Wirklichkeit oder Traum sein. Und dann sah ich Frank ganz deutlich vor mir. Frank, der mit der kreischenden Jacqueline einen Gletscher hinabjagte – auf Schlittschuhen. Sie stürzten, fielen übereinander und küßten sich. Ich versuchte, Frank von ihr fortzureißen, aber es gelang mir nicht. Mein Handgelenk schmerzte scheußlich dabei, der ganze Traum tat mir weh.

Als ich aufwachte und in den glitzernden Garten hinabblinzelte, sah ich einen Mann langsam zu mir heraufsteigen. Er war groß und trug eine Sonnenbrille. Sicher gehörte er zu den Amerikanern, die gestern mit dem gelben Postomnibus angekommen waren.

Aber was wollte er von mir? Hatte er sich etwa in meine neuen Hosen verliebt?

Der Mann kam näher, und ich brach um ein Haar mit meinem Liegestuhl zusammen, so heftig richtete ich mich auf: es war Jean Berner.

Er nahm die Sonnenbrille ab und blinzelte aus braunen, zärtlichen Augen auf mich herab. Dann blies er die rechte Backe auf und legte die flache Hand dagegen: «Oh, mein Weisheitszahn!» Er hatte mich also gleich erkannt.

Ich strahlte ihn stumm an.

«Büffel erzählte mir bereits in Zürich, daß Sie ihn nach St. Moritz begleiten würden.»

Ich strahlte stumm und legte meine Hand in seine dargebotene Rechte.

«Ich freue mich, daß Sie hier sind.»

Ich mußte endlich etwas anderes tun als stumm strahlen, aber mir fiel nichts Vernünftiges ein.

«Wie gefällt Ihnen unser kleines Ländli?»

Ich sah sein klares, freundliches Gesicht umrahmt vom flimmernden Weißblau der Bergspitzen. «Wunderbar», sagte ich.

Er fragte nach Frank, und ich erzählte ihm, daß er mit einer jungen

Französin nach Corviglia hinaufgefahren sei und vor dem Abend nicht zurückkommen werde.

«Und sein Junior?»

«Pips betätigt sich mit einem Hockeyschläger als rasende Gefahr für die Eisläufer auf dem See.»

Eine halbe Stunde später schlenderten wir durch St. Moritz und lachten viel über gar nichts – wie eben Leute, die sich vor lauter herzlicher Verlegenheit nicht recht zu benehmen wissen.

Da ich seit dem Vormittag gutsitzende Keilhosen trug, witterte ich keine humorvollen Bemerkungen mehr hinter mir und stellte erstaunt fest, daß die männlichen Blicke genauso intensiv auf mir ruhten wie sonst auf Jacqueline. Lag das vielleicht an meinem Gesicht, aus dem die Freude alle Spuren des Mißmuts radiert hatte!?

Doch was gingen mich die Blicke anderer an. Berner war da und St. Moritz mit all seinen schlichten Einwohnern und eleganten Gästen nur mehr eine malerische Kulisse für Julianes Wirklichkeit gewordene Träume.

Als wir den See erreichten, fanden wir bestätigt, was ich arglos lächelnd prophezeit hatte: Pips stand mit bedeppertem Gesicht vor einem weiblichen Knäuel, aus dem vier hübsche Beine mit weißen Schlittschuhstiefeln hervorzappelten. Das Knäuel schimpfte in höchsten Tönen englisch auf ihn ein. Er hatte die beiden Läuferinnen mit seinem Hockeyschläger zu Fall gebracht.

Jean Berner sprang hinzu und half ihnen auf den wackeligen Grat ihrer Schlittschuhe. Vier Augen blickten ihn erstaunt an und lächelten. «Oh – it doesn't matter at all.» Ihre Stimmen jubelten durch zwei Oktaven, und Pips riß vor Staunen den Mund auf, als die eine der von seinem Schläger Gefällten mit zärtlicher Hand über seinen Schopf strich. «He's such a cute boy.» Dabei blickte sie Berner an.

Er biß sich – verlegen lächelnd – auf die Unterlippe und griff nach Pips. «Komm, du ‹cute boy›, wir gehen Kaffee trinken.»

Pips schnallte seine Schlittschuhe ab, hängte sie an einem Lederriemen über die Schulter und folgte uns.

«Onkel Jean – ich wußte gar nicht, daß du auch hier bist», stotterte er.

«Onkel Jean taucht immer als rettender Engel auf», sagte ich und sah Jean Berner an. Er begegnete meinem Blick mit einem blinzelnden Lachen.

Später saßen wir in Lauffers guter Stube unter dem buntgeschmückten Weihnachtsbaum. Der Ofen brannte warm, und vor uns auf dem

Tisch stand die Krippe mit den alten geschnitzten Tessiner Holzfiguren, die Veits Mutter mit in die Ehe gebracht hatte: den Heiligen Drei Königen, Eseln, Pferden, Schafen und einem Schäfer mit Dudelsack, gegen den Pips sogar seinen Perkeo eingetauscht hätte. Mir war so froh und feierlich zumute, daß ich am liebsten gleich noch einmal Weihnachten gefeiert hätte.

«St. Moritz, 31. Dezember» schrieb ich mit zärtlichen Kringeln auf den Kotflügel von Berners Lancia. Als ich mich aufrichtete, legte sich sein Arm um meine Schulter. Ich war sehr klein neben ihm und unbeschreiblich glücklich.

Zwei Tage lagen hinter uns – Mein Gott, was für Tage! Ich kannte keinen Hunger mehr und keine Müdigkeit, kein Frieren und keine Mißstimmung. Und ich gab mir große Mühe, diese beiden Tage bewußt zu genießen, aber sie blieben Traum. Sooft ich mich in den Arm kniff – ich spürte keinen Schmerz. Wirklichkeit waren nur Franks schneidende Blicke. Er gönnte mir mein Glück nicht, das fühlte ich. Immer lehnte er irgendwo, die vermaledeite Zigarettenspitze mit dem zerkauten Mundstück zwischen den Zähnen, und betrachtete mich aus halbgeschlossenen Augen. Manchmal schrie er Jacqueline in meiner Gegenwart ganz sinnlos an, und manchmal tat er ihr in einer plötzlichen, rohen Umarmung weh. Und immer las ich auf seinen Lippen die – Gott sei's gedankt, unausgesprochene – Frage: Was würde wohl Herr Uri dazu sagen?

Franks schlechte Laune bedrückte alle, doch Jean und ich liefen ihr sooft wie möglich davon. Ich hatte übrigens eine Eigenschaft an Jean entdeckt, die so gar nicht zu seinem prächtigen Äußeren paßte: Jean war schüchtern. Er eroberte keine Frau mit Franks kopfwerfender Selbstverständlichkeit oder mit Jürgens schmollendem Charme, er ließ sich erobern. Und ich gab mir redliche Mühe dabei.

Am Morgen des 31. Dezember fuhren wir zusammen nach Davos zu seinem Vater. Die Sonne hatte den Schnee von den Tannengruppen getaut, die sich dunkel an die weißen Abhänge klammerten. Der Himmel schimmerte hell über den Bergspitzen und vertiefte sich über uns zu einem kräftigen Tuschkastenblau. Zahllose Schispuren hatten die weiße Decke vernarbt, und Jean Berner an meiner Seite strahlte vor Stolz über seine gelungene Heimat.

«Der liebe Gott hat die Schweiz sehr gern», sagte er.

«Darum hat er ihr auch die Neutralität bewahrt», seufzte ich.

Jean legte lachend den Arm um meine Schulter. Es war nur eine kleine, freundschaftliche Geste, doch sie ließ mein Herz so kreuz und quer schlagen wie beim ersten schüchternen Kußversuch vor – ich weiß nicht mehr, wie vielen Jahren. Auf jeden Fall fühlte ich mich nicht einen Monat älter als Sechzehn. Ich hatte gerade meine Zöpfe abschneiden lassen und vibrierte bei dem Gedanken an die angenehmen Sünden des Lebens, die blau verschleiert vor mir in der Zukunft lagen. Ich war sechzehn Jahre alt und noch niemals mit einem so irdischen Mann wie Jürgen Kolbe verlobt gewesen. Ich hatte noch Ideale . . .

In Samaden frühstückten wir zum zweitenmal und ohne jeden Appetit. Wir frühstückten verliebtes Lachen und zärtliche Blicke. Es saß kein Pips an unserem Tisch, der sich temperamentvoll vor der Haut auf seiner heißen Milch ekelte, und kein Vater von Pips, dessen schlechte Laune uns zu betretenem Schweigen zwang.

Als wir die Cafeterie verließen, begegnete ich einer Juliane im Wandspiegel, die so hübsch und vergnügt aussah, daß ich ihr zulächeln mußte. Hinter ihr stand Jean Berner – riesengroß und blendend schön. Seine Hand legte sich auf ihre Schulter, und er sagte in den Spiegel: «Ich freu mich, daß es Sie gibt, Juliette.»

Wir schwebten mit der Drahtseilbahn von der weißen Erde mit ihren farbigen Häusern und krabbelnden Bewohnern fort. Unter uns rekelte sich das Tal zwischen auseinanderstrebenden Bergrücken. Die gefegten gefrorenen Seen schimmerten matt wie Perlen. Tief unter uns dunkle Waldgruppen, malerische Spielzeugdörfer. Das Oberengadin glitzerte in der Sonne silberblau und wußte nichts davon, daß es so teuer war.

Ich trommelte mit den Zeigefingern gegen meine Ohren, die mit zunehmender Höhe immer mehr ertaubten, und überlegte wie stets, wenn ich Seilbahn fuhr, was wohl geschähe, wenn jetzt das Seil risse. Toter als beim Flugzeugabsturz würden wir sicher nicht sein. Aber der Gedanke, in eine endgültige Tiefe zu stürzen, kümmerte mich heute nicht. Niemals ist man weniger um sein Fortleben besorgt, als wenn man glücklich ist.

Das Coupé fuhr in seinen Höhenbahnhof ein. Hier oben gab es die bucklige, schroffe Weite, die ich so sehr liebte, ob sie nun aus der gelben Gischt des stürmischen Meeres oder aus gläsern-starren Gletscherspitzen bestand.

Jean nannte die Berge bei ihren Namen:

«Piz Palü, die Berninagruppe, die Sellagruppe, der Julier –»

Sein Arm zeigte an meinem Ohr vorbei, und ich spürte dabei das Allein-Wichtige: die warme Nähe seines Körpers.

«Einmal war ich mit Büffel und Bergliot hier oben», sagte er und nach einem Blick auf meine deutliche Unwissenheit: «Bergliot war seine Frau. Er hat Ihnen sicher von ihr erzählt?»

«Frank spricht selten von ihr. Nur einmal sagte er, daß sie klein und zart gewesen sei und gar keine Angst gehabt habe.»

«Nein.» Jean lachte leise vor sich hin. «Bergliot hatte vor nichts Angst. Sie war hell und spröde – eigenartig war sie manchmal und – so voll Landschaft. Wir wollten es alle nicht glauben, als sie damals beim Baden ertrank. Es war so ganz unbergliotisch.»

Bergliot – hell, spröde, eigenartig und voll Landschaft – ich versuchte, sie mir vorzustellen. «Frank war glücklich mit ihr?»

«Sehr», sagte Jean.

Und endlich kamen wir in den Ort, in dem Jean geboren war: Davos. In der spätgotischen Kirche hatte man ihn getauft, auf der Parsenn war er als Junge Schi gelaufen wie Pips im Grunewald, er war sozusagen ständig auf Erholung gewesen.

Zwischen bewaldeten Bergzehen erhob sich das Sanatorium Dr. Berners. Es wirkte mit seinen beiden Seitentürmen in Zwiebelform von weitem wie ein Jagdschloß. An der Süd- und Westfront zogen sich Liegeterrassen hin.

Zwei Neufundländer kamen schwanzwedelnd auf Jean zu, und wenig später wurden wir in der großen Halle, in der unbeachtet ein Kaminfeuer knisterte, von Hausmädchen, Schwestern und Patienten umringt, die sich über Berners Ankunft so freuten, als ob er einen Sack voller Geschenke mitgebracht hätte. Hei, war das ein Geschwyzere!

Ich stand ein wenig abseits und kraulte meine Fingerkuppen im dichten Fell der Hunde schwarz. Als ein weißhaariger Riese mit dem gewaltigen Kopf einer antiken Feldherrnbüste sehr rasch die Halle betrat, konnte ich ihm zur Begrüßung keine Hand geben, sondern mußte eine Schwester nach dem Waschraum fragen.

Der weiße Riese war Dr. Berner, Jeans Vater, und er sah genauso aus, wie ich ihn mir (mit Romanphantasie) vorgestellt hatte: wuchtig, eindrucksvoll, furchtbar vornehm, aber nicht überzüchtet – der milchbäuerliche Vorfahr schimmerte noch durch seine gutdurchblutete Haut.

Er führte uns in sein Arbeitszimmer, das in einem der Türme lag. Aus jedem seiner vier Fenster hatte man einen «noch schöneren» Blick auf die Berge.

Zu unseren Füßen ließen sich die Neufundländer nieder.

Fühlte ich mich den ganzen Tag schon sechzehnjährig-unschuldig, so trat zu dieser Unschuld jetzt noch eine Schüchternheit, die mich die Hände artig im Schoß und die Hosenbeine auf der Querleiste des geschnitzten Gobelinstuhles falten hieß.

«Ja, ich bin zum erstenmal in der Schweiz.»

Vor und neben mir saßen, die langen Glieder mit salopper Sicherheit über Sitz und Lehnen verteilt, zwei Herren von einem anderen Stern, auf dem es keine Kriege gab, keinen Hunger und keine finanziellen Sorgen.

«Oh, es gefällt mir natürlich wundervoll hier.»

Sie waren Produkte hundertjähriger ununterbrochener Friedlichkeit mit weißem Panorama, saftigen Wiesen ...

«Wie bitte? – Nein, wir haben uns ganz zufällig in St. Moritz wiedergetroffen.»

... An ihren Nerven hatten keine braunen Parteireden, keine Bombennächte ...

«Aus Hamburg. Sie kennen es von früher? – Ja, eine schöne Stadt.»

... keine Sorge um die liebsten Menschen und die große Unsicherheit gezerrt.

«Trinken wir auf das alte Jahr.» Dr. Berner hatte drei Gläser mit Sherry gefüllt. «Es war ein gutes Jahr.»

Es hatte zumindest gut geendet. Prost, altes Jahr! Wollen wir uns wieder vertragen. Du hast zur Hälfte aus Tränen, Unerfreulichkeiten und Aufregungen bestanden, aber für die letzten Tage hast du dir etwas sehr Hübsches ausgedacht.

Danke, altes Jahr.

Die beiden Männer sprachen jetzt über ihre Familie und über fachliche Dinge, wobei sie alle Augenblicke freundlich-entschuldigend in meine Richtung sahen, damit ich mich auch ja nicht vernachlässigt fühlte. Ich musterte indessen das Zimmer, eine beruhigende Farbkomposition aus weißen Wänden, dunklem Holz und Bischofsrot, die die sinkende Sonne, durch zwei Fenster hereinscheinend, in warmes, vergilbtes Licht tauchte. Es war trotz der beiden Männerstimmen und dem lauten Atem der Hunde feierlich still wie in einer Kirche. Es war alles so zeitlos. Der alte Herr war nicht alt, Jean nicht jung und ich – ich war eigentlich überhaupt nicht da. Ich lebte neben mir her, über mir ...

Dr. Berner brachte uns zum Wagen. Er bedauerte, daß wir nicht über Silvester in Davos bleiben konnten, er erwartete noch am Abend Jeans Schwestern mit ihren Familien.

Die Alpen glühten erikafarben, als wir Davos verließen. Am Ausgang des Ortes kaufte ich eine Postkarte.

«So still, Juliette?»

«Ich bin besinnlich«, sagte ich, «und befangen. Ich bin immer sehr befangen, wenn ich etwas geschenkt bekomme.»

«Was haben Sie denn geschenkt bekommen?»

«Ein Bilderbuch. Soll ich es einmal aufklappen? Auf der ersten Seite ist eine Schwebebahn gezeichnet. Sie führt zu einem Berg hinauf. Der Berg ist nicht besonders hoch, aber er liegt über allen Sorgen. Die Sorgen sind unten im Tal geblieben und sehen von oben ganz klein und unbedeutend aus. – Ich klappe zur nächsten Seite um. Auf ihr sieht man ein vornehmes Turmzimmer. Es hat vier Fenster, und alle gucken sie in den Frieden.»

«Was sehen Sie noch in dem Zimmer?» fragte Jean.

«Ich sehe zwei –» fast hätte ich Märchenbuchgestalten gesagt. «Wir gucken uns das Buch nachher weiter an, ja? Jetzt habe ich etwas Wichtigeres zu tun. Geben Sie mir bitte Ihre Füllfeder.»

«Wollen Sie schreiben?»

Er fuhr den Wagen an den Straßenrand und gab mir das Gewünschte.

Ich dachte einen Augenblick nach, dann schrieb ich auf die in Davos gekaufte Postkarte:

«Meine Liebe,

wenn es einmal wieder ganz dick kommen sollte, dann fluche nicht, sondern denke an diesen Silvestertag, an dem Du sehr glücklich warst.»

«An wen müssen Sie jetzt schreiben?» Berner hatte den linken Arm auf das Steuerrad gestützt und sah mich lächelnd an.

«Ich schreibe an Juliane Thomas in Hamburg, ich meine, an die Juliane, die bald wieder in Hamburg sein wird. Soll ich ihr etwas von Ihnen bestellen?»

«Bestellen Sie ihr –» Er überlegte einen Augenblick, sah mich an und bestellte nichts.

Die Sonne knipste ihr Rotlicht aus. Jeans klares, schönes Gesicht kam mir immer näher. Dann spürte ich seine weichen, warmen Lippen. Seinen angenehmen Atem. Seine großen, zärtlich-behutsamen Hände. Und wunderte mich.

Ich hatte Juliane Thomas schon des öfteren verliebt erlebt. Aber sooo feierlich wie jetzt war sie dabei nie gewesen.

Ohne den Arm von meinem Nacken zu nehmen, bückte sich Jean nach der heruntergefallenen Postkarte.

«Schreib irgend etwas dazu. Einen Gruß oder –»

Jean schrieb: «Salü, Chérie.» «Was Klügeres fällt mir im Augenblick nicht ein.» Dann nahm er mein Gesicht in seine Hände, küßte meine Augen, und ich spürte etwas Seltsames: ich hatte keinen Wunsch mehr.

An diesem Silvesterabend zeigte jeder, was er hatte. An Schmuck, Schultern und Roben.

Ich fand mich großartig aussehend, auch dann noch, als ich aus der Konkurrenzlosigkeit meines Zimmerspiegelbildes in den Wettstreit der Garderoben im großen Hotel getreten war.

Ich trug ein krinolinenhaftes, nachtblaues Organzakleid, einen sehr dekorativen – wenn auch falschen – Dutt im Nacken und ein Geschmeide, das ...

... aber echt war meine Verliebtheit in den schönen Riesen an meiner Seite, und Verliebtheit ist noch immer der bekömmlichste Schmuck für eine Frau.

Wenn nur nicht Frank gewesen wäre! Er saß mir gegenüber zwischen zwei Blüten – der runden, goldgelben, frischen Dotterblume Heidi und der süßduftenden, weißgläsernen Narzisse Jacqueline –, und ich wagte nicht, in seine Richtung zu gucken.

Wegen Büffel hatte ich die zu Herzen gehende Geschichte von einem plötzlich und unerwartet in Sizilien verstorbenen Herrn Uri senior erfunden, und jetzt sah er mich hier – Sessel an Sessel, Blick in Blick mit Berner. Was mußte er von mir denken! (Was dachte ich selbst von mir!)

Einzig beim Tanzen in Jeans langen, behutsamen Armen konnte ich seine lauernde Gegenwart vergessen und mich ganz den milden Wonnen meines gepflegten Glücks hingeben.

Später, bei einem langsamen Walzer, der sich vor lauter Schmelz von allein tanzte, hatte er eine hübsche Idee. Er sagte:

«Wollen wir uns das alte Jahr noch einmal von einem Schlitten aus angucken?»

Klingelpferdchen, denen der Atem blau von den Mäulern wehte, weiche Felldecken auf den Knien, Jeans Arm auf der Schulter, um uns eine glitzernde, feierliche Nacht – eine Schlittenfahrt wäre eine neue Seite für mein Bilderbuch! «Wollen wir gleich fahren?»

Wir unterbrachen den Tanz und gingen zum Tisch zurück, um den anderen unseren Plan zu unterbreiten. Man unterhielt sich gerade über

Bergliot. Veit drehte vergnügt schmunzelnd seine angerauchte Zigarre zwischen den Fingern und erinnerte sich an einen Abend auf der Suvrettahütte. «Wir waren drei Männer, Jeannot, Büffel und ich. Wir konnten etwas vertragen, aber Bergliot, das zarte Frauli, trank uns alle unter den Tisch.»

«Und später sang sie mit ihrer Reibeisenstimme norwegische Seemannslieder», erinnerte sich Frank, gedankenlos die Nelkendekoration zerpflückend. «Ich habe mich vergebens bemüht, aus ihr eine Dame zu machen. Sie blieb immer ein maßloses Kind ohne jeglichen Instinkt für Gefahr und die Grenzen des Menschenmöglichen.»

«Erinnerst du dich noch an den dicken italienischen Bobfahrer, den sie so lange bezirzte, bis er sie einmal auf seinem Schlitten mitnahm?» lachte Jean, der über der Bergliot-Unterhaltung ganz unsere Schlittenfahrt vergessen hatte. «Du, Büffel, standest bleich neben mir an einer Nadelkurve und fragtest: Wie betet man bloß einen Rosenkranz!? – Ich wußte es auch nicht.»

«Und Bergliot lachte, als sie vom Schlitten kletterte», vollendete Veit mit verklärtem Gesicht.

Heidi sagte, sie habe Bergliot so gern fluchen hören – sehr zum Erstaunen ihres Mannes, dem sie diese erleichternde Tätigkeit streng untersagte. «Ihr Männer wart alle in sie verliebt, mein Veiti auch. Ihr liebtet all das an ihr, was ihr euren eigenen Frauen niemals gestatten würdet.» Sie hob ihr Sektglas Frank entgegen. «Wie sagte Bergliot noch?»

«Skal.»

«Skal, Paul.»

«Skal, Heidi.» Er trank sein Glas in einem Zug aus, setzte es hart auf und wandte sich so plötzlich an mich, daß ich zusammenschrak. «Tanzen wir.»

«Aber Jean und ich wollten jetzt eine Schlittenfahrt machen!»

«Nach diesem Tanz.» Er legte seine Hand um meinen Ellbogen und schob mich vor sich her in das Gewimmel von dunklen Abendanzügen und brillantenglitzernden, raschelnden Abendkleidern auf der Tanzfläche.

Ich warf Jean einen entschuldigenden Blick zu.

«Julchen, Sie sind langweilig, wenn Sie verliebt sind – so hellblaurosa.»

«Wenn ich aber Jean so gefalle –!?»

«Herrn Uri auch?» Er spürte meinen steifen Zorn und zog mich fest an sich. Seine Schulter duftete betäubend nach Jacqueline, und dieser

Duft machte meinen Zorn wieder beweglich. (Dabei hätte es mir schließlich gleichgültig sein sollen, ob Frank nach Kuhstall oder französisch roch.)

«Was ich Sie längst fragen wollte – ist der alte Herr schon übergeführt worden, oder haben Sie noch nichts Näheres gehört?»

Ich wollte ihn anbrüllen, er solle sich gefälligst nicht um meine Angelegenheiten kümmern, ich mische mich ja auch nicht in sein fragwürdiges Liebesleben, aber er hatte sich sehr höflich nach einer Leiche erkundigt und ich keinen Anlaß, Krallen und geblähte Nüstern zu zeigen.

«Ich habe noch nichts gehört.»

«Mir tut Herr Uri leid.» Er baute gotische Falten zwischen seinen Augenbrauen auf. «Zuerst den Vater verloren und dann die Braut.»

«Herr Frank», sagte ich mahnend.

«Hauptsache, Sie sind glücklich», lächelte er schnell. «Jean ist ein zauberhafter Bursche. So –» der Foltertanz war endlich zu Ende – «jetzt laufen Sie zu ihm und fahren Sie Schlitten.»

Aber dazu kamen wir nicht mehr. Es war bereits eine halbe Stunde vor dem neuen Jahr. Die Seite, auf die die dampfenden Schlittenpferdchen gezeichnet werden sollten, blieb leer in meinem Bilderbuch.

Hier und da klirrten die Eisstückchen in den Kübeln, wenn der Ober eine Sektflasche herausnahm. Neben uns sprang ein Pfropfen mit dezentem Knall in eine Serviette. Die Kapelle spielte unentwegt. Das Lachen um uns wurde erregter.

«Nur noch zwei Minuten», sagte Jean.

Jemand hatte ein Fenster geöffnet. Mit der Kälte drang Glockenläuten herein. Über den Rücken rieselte ein Schauer der Erregung. Es war soweit – und es war schön, das neue Jahr mit einem langen Blick in Jeans Augen zu beginnen.

«Happy new year!» schrie eine beschwipste Amerikanerin am Nebentisch.

«Juliette.»

«Jean.»

Wir küßten uns, und ich wünschte, weit fort mit ihm von all diesen Leuten zu sein, die dafür sorgten, daß keine warme Stimmung aufkam.

Und dann schob sich ein Sektglas zwischen uns – ich sah Franks dunkles, unergründliches Gesicht, das sich lächelnd über mich beugte. Er küßte mich auf jeden Mundwinkel.

«Laß uns anstoßen, Juliane, auf die Zürcher Verlobung!»

«Auf die Zürcher Verlobung», flüsterte ich zurück. Dabei stand Jean gar nicht mehr neben mir und hätte es in dem Tumult nicht einmal gehört, wenn ich laut gerufen hätte. Auf die Zürcher Verlobung also, die vielleicht – ganz vielleicht – doch noch Wirklichkeit werden würde.

Ich sah Frank noch immer an, sah, wie das Lächeln in seinem Gesicht erlosch und ein angespannter Ausdruck sich seiner Züge bemächtigte.

Und dann hörte ich es auch. Ein mörderisches Knallen und Knattern vor dem Hotel, dazwischen Indianergebrüll. Durch das geöffnete Fenster flog ein Feuerwerkskörper und explodierte giftgrün und haarscharf vor den Füßen einer Dame, die entsetzt aufschrie. Gleich darauf flog etwas herein, das schwelte und einen teuflichen Geruch verbreitete: eine Stinkbombe.

«Ich wußte gar nicht, daß ihr hier in der Schweiz zu Silvester auch solchen Radau veranstaltet», sagte ich zu Veit Lauffer.

«Ich auch nicht.»

«So arg jedenfalls nicht», meinte Jean.

Ich sah, wie Frank Veit am Arm packte und mit sich aus dem Saal zerrte, ich sah Heidis fragendes Gesicht – und dann begriff ich und rannte den beiden Männern nach. In der Halle holte ich sie ein.

«Frank, glauben Sie, daß – Pips – meinen Sie, er hat Munition über die Grenze geschmuggelt?»

«Es ist ihm alles zuzutrauen.» Da war wieder der gewalttätige Zug in seinem Gesicht.

«Es sind bestimmt nicht Pips und Karli, die das Zeugs geschmissen haben, sondern andere Jungen», flehte ich. «Bitte, Herr Lauffer – Veit – so ein paar harmlose Feuerwerkskörper – ist gar nicht schlimm. Macht doch bloß Spaß!»

Veit verlangsamte sein Tempo und zeigte ein unentschlossenes Gesicht, aber Frank ...! In einem großen Wandspiegel sah ich mich meine Arme um seinen Smoking werfen und ihn krampfhaft festhalten. «Wer fängt denn das neue Jahr mit Prügel an, Büffel! Sie waren auch mal jung und gewiß kein Musterknabe, und Ihre Frau ... Sie werden doch nicht eine doppelte Vererbung schlagen wollen!»

Die Knallerei war verstummt, und ich betete zu Gott, daß die Attentäter – wer immer sie auch sein mochten – mit fliegenden Hacken das Weite gesucht hatten.

«Wo seid ihr gewesen?» fragte Jean, als ich – an jedem Arm fest einen Mann im Smoking – zurückkehrte.

«Frische Luft schnappen, nicht wahr?»
Und Veit und Frank nickten zögernd.

Am Neujahrsmorgen schneite es in dicken Flocken.

Mir war hundeelend zumute, und ich konnte mich an nichts mehr erinnern ...

Ich stand am Fenster und sah Paul Frank langsam die Straße heraufkommen. Er trug noch seinen Smoking unter dem Mantel. Den Kragen hatte er hochgeschlagen, und die Hände staken tief in den Taschen. Wo – um alles in der Welt, genauer in St. Moritz – kam er jetzt her? Von Jacqueline?

Frank sprach mit dem Hausdiener Franz, der den Pensionseingang freischippte. Plötzlich hob er den Kopf und winkte mir zu. Zwei Minuten später klopfte er an meine Tür.

«Ich habe ein gutes Mittel fürs arme Köpfeli.»

Woher wußte er, daß ich einen armen Kopf hatte!? Vielleicht wußte er sogar noch mehr über den Rest der Nacht, an den ich mich nicht zu erinnern vermochte.

Ich zog den Morgenrock eng, kämmte die Schlafunordnung aus meinem Haar und öffnete. Frank grüßte mich mit einer würdevollen Verbeugung. Aus der Manteltasche nahm er ein Röhrchen mit Tabletten, füllte mein Zahnputzglas mit Wasser und reichte mir beides.

«Nehmen Sie zwei und trinken Sie nach, in einer Stunde ist Ihnen wieder gut.»

Ich saß auf dem Bettrand und schüttelte mich. Mein Magen war auch nicht in Ordnung.

Frank betrachtete mich lächelnd und ganz ohne Spott, dann brummte er mit rauchheiserer, übernächtigter Stimme: «Tjaja, der Zwerg Perkeo im Heidelberger Schloß, an Wuchse klein und winzig, an Durste riesengroß –»

«Wieso?» fragte ich mißtrauisch.

«Haben Sie gesungen.»

«Neinnn!»

«Doch.»

«Lieber Gott –» Ich griff hilfesuchend nach seinen frostkalten Händen. «Jean hat's doch nicht etwa gehört?»

«Sie haben ihn sogar zum Mitsingen aufgefordert. Es war fast wie zu Bergliots Zeiten.»

«Aber –» Ich verabscheue Frauen, die sich betrinken, ich war verzweifelt über mich, zerknirscht. «Das ist schrecklich.»

«Schrecklich? Nö, es war ganz lustig.» Frank befreite seine Hände sanft aus meiner Verzweiflung und strich mit dem Finger über das Abendkleid, das lebensmüde über der Reling der unteren Bettwand hing. Im hellen Schneelicht wirkte sein Stoff so stumpf und farblos wie seine Besitzerin.

«Wie bin ich ins Bett gekommen, Frank?»

«Prachtvoll», versicherte er. «Sie schritten wie eine Königin die Treppe hinauf. Jean begleitete Sie. Er küßte Ihnen vor Ihrer Zimmertür die Hände, sagte ‹Schlaf gut, meine Juliette›, darauf verabschiedete er sich von mir und ging in sein Zimmer.»

«– und war gewiß nicht von mir entsetzt?»

Büffel zog die Augenbrauen schmerzhaft zusammen, als ob er Messerschärfen oder sonst etwas Nervenansägendes hörte. «Sie langweilen mich mit Ihrer kleinlichen Reue, Julchen. Zu Herrn Uris Zeiten waren Sie viel amüsanter.»

Er blickte einen Augenblick auf meine Ratlosigkeit herab, dann wandte er sich zur Tür. Die Hand auf der Klinke, schaute er noch einmal zu mir zurück. «Wo wohnte er doch gleich?»

«Wer, Uri? In der Hieronymus-Kayserstraße», sagte ich ungeduldig.

«Richtig –» Seine Schultern bebten vor Lachen. «Die Kayserstraße.»

«Was ist denn daran so komisch?»

«Der Hieronymus.»

«Seien Sie leise, Frank, ich möchte nicht, daß man Sie aus meinem Zimmer kommen hört.»

Kaum war ich schlotternd ins abgekühlte Bett zurückgekrochen, öffnete sich meine Tür noch einmal um einen Spalt.

«Was ist denn – zum Kuckuck!»

«Ihr Dutt, Frau Thomas. Ich habe ihn heute nacht an der Bar gefunden und sicherheitshalber eingesteckt. Wenn er meinem Pips in die Hände käme – bei seinem Ideenreichtum hätte er gewiß Verwendung dafür.» Die falsche Haarpracht flog – ein bißchen zerzaust vom Aufenthalt in Franks Manteltasche – auf mein Bett. Ich konnte nicht mal «danke» sagen.

Es gibt Menschen, vor denen man immer einen gewissen reizenden Glorienschein behält. Und es gibt Menschen, vor denen man sich vom ersten Augenblick an blamiert und nicht aufhört, sich zu blamieren – die hat man meistens nicht besonders gern.

. . . und morgen früh war alles zu Ende. Morgen reisten wir in städtischer Verkleidung in den Alltag zurück, Jean nach Zürich, Frank und Pips nach Berlin, Jacqueline nach Paris und ich nach Hamburg. Dieser Gedanke war trostlos. Er machte aus dem ersten Januar einen Bußtag kombiniert mit Aschermittwoch.

Am Nachmittag bummelte Jean mit mir zur Chesa Veglia. Ab und zu blieben wir stehen und küßten uns im Schutz des dichten, dämmerigen Schneevorhangs. Aber er sagte «es» nicht.

«Du bist mißgestimmt, Juliette. Was ist dir?»

«Nichts», murmelte ich, obgleich mir eine Menge «war». Ich sehnte mich nach Versprechungen und glühenden Beteuerungen, ehrlich gestanden: nach einem Heiratsantrag.

Aber der blieb aus, sosehr ich von allen möglichen Themen her auf ihn zusteuern mochte. Jean sagte statt dessen: «Im Frühling mußt du mich einmal in Zürich besuchen, Juliette. Aber erst wenn es richtig warm und grün wird. Wir fahren dann an den Vierwaldstätter See –»

«– und zum Rigi hinauf», vollendete ich bitter, an meine Propektweisheiten denkend.

«Natürlich, zum Rigi auch. Der Rigi ist sozusagen *der* Berg von uns Zürchern. Er wird dir gewiß gefallen.»

Am liebsten hätte ich mit den Füßen gestrampelt und laut geschrien. Ich wollte nicht seine verflixte Landschaft – und wenn sie noch so schön war –, ich wollte ihn! Jean sollte sagen: Du mußt sehr, sehr bald zu mir kommen, weil ich ohne dich nicht leben kann. Wenn du zu mir kommst, wird uns die ganze Welt schnuppe sein – inklusive Rigi.

Ich seufzte schwer.

«Nicht traurig sein, Juliette.» Jean zog seinen Handschuh aus und wischte den Schnee von meinem Gesicht. «Morgen ist auch noch ein Tag für uns.» Sein breiter Rücken schützte mich vor dem aufkommenden Wind. Plötzlich lachte er leise.

«Weißt du, daß du mich heute nacht an Bergliot erinnert hast?»

«Unangenehm erinnert?»

«Nein. Sie benahm sich manchmal etwas – außergewöhnlich, aber sie war immer echt. Und lügen konnte sie auch nicht, genau wie du.»

Weil ich doch nicht lügen konnte – genau wie Bergliot –, stotterte ich: «Aber manchmal hab ich schon ein bißchen geschwindelt. Ist das schlimm?» Ich sah zu ihm auf. Sein Haar und seine Wimpern waren dicht beschneit. «Deinetwegen mußte ich sogar schon ziemlich doll schwindeln.»

«Aber», sagte er erschrocken, «liebe, kleine Juliette!»

Eine Schneeflocke setzte sich auf mein Augenlid. Sekundenlang verschwamm Jeans schönes Gesicht vor meinen Augen, und als ich ihn wieder klar sehen konnte, wurde ich traurig.

Jean war spürbar nah und doch meilenweit von mir entfernt.

Armes Julchen, dachte ich und klappte endgültig mein «Bilderbuch» zu.

In der Tür standen Lauffers und Franz, der Hausdiener. Hanni, das Zimmermädchen, winkte aus dem Fenster, und es war zu Ende.

Wir fuhren kettenklirrend über den weichen Neuschnee. St. Moritz mit seinen geruhsam schlendernden Gästen und lässigen Schiläufern, mit seinen breitgedruckten Sportankündigungen für die nächsten Tage, nahm gar keine Notiz von unserer Abfahrt. Es glitt zurück, weiß, mit grauem, tiefhängendem Schneehimmel darüber.

Ich saß neben Jean. Knapp hinter uns fuhr der schwarze, schwere Wagen mit der KB-Nummer: sonnengebräunte, nachdenkliche Gesichter hinter der Windschutzscheibe, Schier auf dem Dach, farbige Plaketten am Kühler, aber die Hupe klang längst nicht mehr so vergnügt wie auf der Herfahrt. Selbst die Hupe wußte, daß Pips sie jetzt nicht mehr aus purem Übermut benutzte. Er dachte jetzt sicher an die Schule und an seinen Ferienaufsatz, den zu schreiben er von Tag zu Tag verschoben hatte.

St. Moritz Bad sank hinter uns. Wir fuhren durch Champfèr, Silvaplana – an jedem Ort hing eine kleine Erinnerung: ein Ausflug mit Pips, eine Tasse Kaffee mit Jean, ein Spaziergang mit Frank. Dort hatte Jacqueline ihren Handschuh verloren ... Und jetzt bogen wir nördlich ab zum Julierpaß.

Franks Wagen blieb plötzlich zurück und hielt. Ich machte Jean darauf aufmerksam. Er hielt ebenfalls an, und gleich darauf tauchte Pips' Gesicht neben mir an der Scheibe auf.

«Können Sie nich zu uns steigen, Frau Thomas? Paps is nämlich nich sehr freundlich. Fängt er doch ein Verhör an wegen der Knallerei in der Silvesternacht, und ich hab ihm gesagt: Wenn über eine dumme Sache mal endlich Gras gewachsen is, kommt sicher ein Kamel gelaufen, das alles wieder runterfrißt – und peng, hatte ich eine kleben.»

Jean stieg aus, ging mit Pips zu Frank und spielte einmal wieder seine Glanzrolle: den Friedensengel. Dann setzten wir unsere Fahrt fort.

Es hatte sacht zu schneien begonnen. Die weißen «Majestäten» hielten es nicht für nötig, uns zum Abschied noch einmal zu grüßen. Tief unter uns zog sich die bleiche Landschaft hin. Sie schlief unter den dicht fallenden Flocken ein. Und neben mir schwieg Jean. Morgen würde er wieder Herr Doktor sein, Herr Dr. med., Facharzt für innere Krankheiten.

Ob er wohl eine Freundin in Zürich hatte? Oder gleich mehrere? Ich mochte ihn nicht danach fragen. Wozu auch?

Bei dieser Überlegung stellte ich fest, daß ich auf die möglichen Frauen in seinem Leben nicht eifersüchtig war. Jean gehörte allen Menschen auf eine herzliche, besondere Weise, aber niemandem ganz. Auch mir nicht. Nicht einmal dann, wenn er mich küßte. Das Zusammensein mit ihm war unvollendete Vollendung, weich und schmerzlos wie eine lange zurückliegende Erinnerung. Um diesen wattegepolsterten Zustand auf die Dauer zu ertragen, würde ich mir ein sanfteres Temperament zulegen müssen. Aber wer sprach denn von Dauer ...? Er leider nicht.

Jean spürte meine inhaltsschweren Blicke und sah mich freundlich fragend an. «Haben sich deinetwegen schon einmal Frauen gezankt?» fiel es mir plötzlich ein.

Zuerst belustigte ihn meine Frage, dann dachte er nach.

«Ich glaube nicht», sagte er.

«Hast du überhaupt jemals Streit mit deinen Mitmenschen?»

«Nein. Warum sollte ich?»

«Du kommst mit jedem gut aus, auch mit denen, die du nicht magst?»

«Freilich.»

Er wurde immer mehr für mich zur Märchenbuchgestalt.

«Man muß versuchen, jeden zu verstehen und sich ihm anzupassen. Tust du das nicht, Juliette?»

Ich vergaß vorsichtshalber das Antworten.

Wir waren gerade so weit mit unserem seltsamen Gespräch gekommen, als wir die beiden römischen Säulen auf der Paßhöhe durchquerten. Jean erklärte mir ausführlich ihre Geschichte, aber ich hörte nicht hin.

«Weißt du», sagte ich sehr nachdenklich, «du hast einen großen Fehler – leider gar keinen.»

«In den Weihnachtsferien war ich mit meinem Vater in St. Moritz in der Schweiz zum Schilaufen», leierte Pips den ersten Satz seines Aufsatzes vor, den er auf die Rückseite einer Speisekarte gekritzelt hatte.

«Wehe, schreibst du das», drohte Frank. «Das geht deinen Lehrer einen feuchten Käse an. Für den bin ich ein armer Regisseur, dem die

Steuer den letzten Groschen aus der Tasche zieht, und kann mir keine Schireisen nach St. Moritz leisten. Du schreibst: In den Ferien war ich bei meinem Onkel in den Bergen eingeladen, das genügt.»

Pips sah seinen Vater verständnislos an. «Na schön.» Er strich den mühsam zusammengestoppelten Satz durch. «Aber daß ich Schi gelaufen bin und Hockey gespielt hab, darf ich doch schreiben?»

«Das ja.»

«Und vom Schispringen auf der Julierschanze, wo wir alle zugeschaut haben, vom Curling und Eiskunstlauf auch?»

«Meinetwegen.»

«Paps, an dem Vormittag, wie du mit Frollein Schacklien alleine los bist –»

«Daß du mir kein Wort von Jacqueline schreibst! Das geht deinen Lehrer –»

«Ahhh», unterbrach ihn Pips gekränkt, «bin ich doof? Ich wollte doch bloß sagen: an dem Vormittag haben Karli und ich uns das alte Roß von seinem Onkel aus Bad vorgespannt und sind Schijöring gefahren. Das schreibe ich bestimmt.»

Ich saß hinter den beiden im Fond des Wagens, hörte mit einem Viertel Ohr auf die schwierige Geburt des Aufsatzes und konnte es noch nicht begreifen, daß Jean nicht mehr bei mir war. Zürich lag hinter uns. In einer halben Stunde würden wir an der Grenze sein.

«Darf ich schreiben, daß ich auf dem Skeleton durch acht Kurven geschossen bin?» fragte Pips.

«Ach, laß mich mit deinem Aufsatz zufrieden», brummte Frank, der mit seinen Gedanken längst in Berlin und bei einem neuen Film war, dessen Dreharbeiten am 15. Januar beginnen sollten. «Laß dir von Frau Thomas helfen. Schließlich ist es ihr Beruf, Seiten zu füllen.»

Pips guckte sich nach mir um. «Die kann jetzt nich», sagte er.

«Warum nicht?»

«Weil se heult.»

Gerade hatte ich den tränenfeuchten Film unseres Abschieds noch einmal abrollen lassen. Er spielte auf der Straße vor Jeans Haus. Pips und Frank saßen bereits im Wagen und warteten darauf, daß ich einstieg.

Jean küßte mir die Hände. «Wir sehen uns bald.»

Ich nickte. In meinem Hals saß ein Tränenkloß, der mich am Sprechen hinderte.

Als ich in den Wagen stolperte, rief er mich noch einmal. «Chérie –?»

Ich wandte mich zu ihm um.

«Salü!»

«Salü, Jean.»

«Nicht weinen, Julchen», sagte Frank. «Es wird ja alles gut. Sie werden ihn wiedersehen.»

«Wen wird Frau Thomas wiedersehen?» erkundigte sich Pips.

«Kümmere dich um deinen Aufsatz, mein Sohn!»

Manchmal strömte so viel gefahrvolle Strenge aus Franks Stimme, daß selbst Pips keinen Widerspruch wagte.

Feuchtwarmer Tauwind jagte über den Bahnsteig. Ich ging zwischen Frank und Pips auf dem Perron entlang, die Einfahrt des Zuges erwartend, mit dem ich allein nach Hamburg weiterreisen würde.

Frank kaufte mir eine Zeitschrift und Zigaretten. Er sah abgespannt aus und zeigte sich seltsam zahm. Pips, der zwischen den Zähnen pfiff und ab und zu probierte, wie weit er sich über die Geleise beugen konnte, ohne herunterzufallen (was ihm beim drittenmal eine väterliche Ohrfeige eintrug), Pips schaute mich manchmal mit einem scheuen Blick von der Seite an.

Wenn ich ihm zulächelte, grinste er, wurde hochrot und schaute schnell fort. Er fummelte in seiner Tasche und zog den Zwerg Perkeo hervor. «Gucken Sie mal.» Das hieß: Sie haben ihn mir geschenkt, und ich trage ihn bei mir. Das hieß für seine kargen Gefühlsverhältnisse soviel wie eine Zärtlichkeit.

Und dann schnaufte mein Zug in die Halle. Pips und Frank sahen mich erwartungsvoll und nicht sehr glücklich an. Ich fühlte einen scheußlichen Ruck im Magen. Daß mir der Abschied von den beiden eigenwilligen Männern so schwerfallen würde!

«Kommen Sie mal nach Berlin, Frau Thomas?»

«Bestimmt, Pips.» Am liebsten – aber man soll sich die echten Sympathien eines Jungen nicht verscherzen, indem man ihn mit Zärtlichkeiten erschreckt. Ich gab ihm die Hand.

Frank ergriff meinen Koffer. Wir gingen neben dem einfahrenden Zug her.

«Mensch, das is ja 'ne ganz neue Lok», staunte Pips und vergaß mich.

«Alsdann, Julchen.» Frank hatte mein Gepäck in ein Abteil getragen. Wir standen unschlüssig voreinander im Gang.

«Ich danke Ihnen, Paul.»

Er nahm mich plötzlich in den Arm, so fest, daß ich mich nicht wehren konnte, wenn ich vor lauter Verwirrung überhaupt daran gedacht hätte.

«Bitte, Frank, Sie müssen jetzt aussteigen!»

Seine Rechte griff in mein Haar und zog meinen Kopf nach hinten. «Sie müssen jetzt wirklich –», stotterte ich.

Er betrachtete mich mit einer Ruhe und Intensität, die in Anbetracht des anfahrenden Zuges und des vor dem Gangfenster aufgeregt krakeelenden Pipses unbegreiflich war.

«Frank –»

«Ja?»

Da sagte ich etwas ganz Blödes. «Ihr Jackett duftet noch immer nach Jacqueline.»

Er ließ mich lachend los, riß die Waggontür auf und landete mit einem Satz neben dem sehr erleichterten Pips auf dem Perron.

Ich winkte, bis ihre Gestalten von der Masse Bahnhof verschluckt wurden. Dann setzte ich mich in eine Abteilecke, vergrub das Gesicht im Mantelfutter und dachte ernsthaft nach.

Ein paar Stunden später schloß ich meine Wohnungstür auf. Es roch angenehm frisch nach Bohnerwachs in der Küche. Auf dem Wangentisch im Wohnzimmer stand ein Strauß Maiglöckchen, und daneben lag meine Post – Weihnachts- und Neujahrsglückwünsche, ein paar Briefe, Rechnungen, ein Zettel: «Willkommen! Kuchen steht im Brotkorb. Rufe gleich an. Kuß, Mutti.»

Und dann lag da noch die Karte aus Davos.

«Meine Liebe,

wenn es einmal wieder ganz dick kommen sollte, dann fluche nicht, sondern denke an diesen Silvestertag, an dem Du sehr glücklich warst.»

Jean hatte darunter «Salü, Chérie» geschrieben. Diese beiden Worte waren im Augenblick das einzige, was ich von ihm besaß.

Viertes Kapitel

Das neue Jahr hatte mit drei Abschieden begonnen – von St. Moritz, von Jean und den beiden Franks. Es schien der Meinung zu sein, damit genug für mich getan zu haben, denn es ereignete sich absolut gar nichts mehr, weder beruflich noch privat.

Einmal besuchte mich Jürgen, stellte ein Tulpentöpfchen in meine Hände und sagte mißgestimmt: «Gratuliere zur Verlobung mit Herrn Uri.»

«Es hat keine Verlobung gegeben –»

Sein Gesicht hellte sich triumphal auf . . .

«– weil ich mich in einen andern verliebt habe.»

. . . und erlosch in düsterem Staunen.

«Aber Julie», sagte er vorwurfsvoll. «Was ist bloß aus dir geworden!»

Unter seinem strafenden Blick kam ich mir sehr locker vor.

«Wenn ich dir nur alles erklären könnte, Jürgen! Es ist viel harmloser, als du glaubst.»

«Du bist polygam, Julie!» rief er.

Ich verbat mir energisch solche anzüglichen Bezeichnungen, und es hätte um ein Haar einen schönen, lauten, runden Krach zwischen uns gegeben. Aber Jürgen war nicht mehr der alte. Ihm fehlte heute der lange Atem zu einer Auseinandersetzung mit mir. Er sagte: «Woll'n wir uns wieder vertragen, Julie?»

Und ich sagte: «Ja, aber nur platonisch.»

Danach hörte ich lange nichts mehr von ihm.

Einmal rief Frank spätabends bei mir an. Er erzählte von den Dreharbeiten zu seinem neuen Film, von Pipsens letzten Heldentaten, und nach Jean fragte er auch. «Hören Sie Nettes von ihm?»

«O ja. Er schreibt oft. Heute bekam ich eine Karte vom Rigi.»

Ich erzählte Frank nicht, wie sehr mich diese Karte enttäuscht hatte. Ich erwartete Sehnsuchtsbeteuerungen von Jean, aber kein Bedauern darüber, daß er mir die herrlichen Nebelbildungen unterhalb des Panoramas, das auf der Postkarte abgebildet war, nicht in natura zeigen konnte. Glauben Sie mir, langsam begann ich einen Berg namens Rigi zu hassen.

Tja, und dann kam Mitte Februar ein Ferngespräch, das mein Freund Pips angemeldet hatte.

«Paps kann nich selber telefonieren, weil er so viel zu tun hat. Ich soll Ihnen bestellen, er hat einen Stoff fürn Drehbuch, das Sie machen sollen, und ob Sie bald, vielleicht schon morgen, herkommen können. Das Fahrgeld ersetzen wir Ihnen.»

Der Telefonhörer war noch warm, als ich schon meinen Koffer vom Schrank wuchtete und alle Notwendigkeiten für eine Reise nach Berlin hineinwarf. Ich freute mich herzlich, die beiden wiederzusehen.

Frank zeigte sich ehrlich überrascht, als ich ihn im Tempelhofer Atelier aufsuchte. Einen Stoff für ein Drehbuch, das ich schreiben sollte, hatte er nicht. Und keine blasse Ahnung von Pips' Anruf. «Dieser verflixte Bengel . . .»

«Ja», nickte ich, «nächstens lädt er noch den Negus ein.»

«Nein», sagte Frank, «den nicht, zumindest wird er ihm nicht großmütig Erstattung der Fahrtkosten versprechen. Das macht er nur bei Ihnen. Pips hat Sie sehr gerne, Frau Thomas.»

«Ich ihn auch.»

Wir fuhren gemeinsam nach Wannsee hinaus. Auf der Avus sagte Frank nach einem kurzen Seitenblick auf mich: «Eigentlich keine schlechte Idee von Pips, Sie herzulotsen.»

«Aber wir wollen so tun, als ob ich Ihnen nichts von seinem Anruf erzählt hätte, sondern aus eigenem Entschluß gekommen wäre. Das enthebt Sie der mühseligen Aufgabe, ihn für seine eigenmächtige Handlung zu strafen, und Pips der Peinlichkeit, zugeben zu müssen, daß er – nun, daß er mich gern sehen wollte.»

«Ich hatte gerade den gleichen Gedanken», sagte er.

Die Franks bewohnten die obere Etage einer am See gelegenen Backsteinvilla, deren Erker und Türmchen vom Wohlstand und anfechtbaren Geschmack um die Jahrhundertwende kündeten. Doch der Blick von seinem verbauten, mit kostbaren Antiquitäten angefüllten Wohnzimmer auf das Wasser war wunderschön. Ab und zu glitt ein beleuchtetes Dampferchen durch die schwarze Fahrrinne im Eis. Das gegenüberliegende Ufer wurde durch eine Laternenkette markiert. Mir gefiel es hier.

«Grüezi», krächzte Pips, als wir sein Zimmer betraten.

Er lag bereits zu Bett, mit hochrotem Kopf und einem Schal um den Hals.

«Bist du krank?» fragte ich.

«Was hast du ausgefressen?» erkundigte sich Frank zu gleicher

Zeit.

«Ihr kommt aber mächtig spät», sagte Pips zur Antwort.

Ich sah mich kurz in seinem Zimmer um. Es war hell und lustig eingerichtet und mit Indianerausrüstungen, Flitzbogen, Geweihen, Segelbooten und einem Park defekter Autos überfüllt. Vor seinem Bett lag würdevoll und fett der Bernhardiner Püppi.

Hinsetzen konnte man sich nicht. Die Stühle waren mit Kleidungsstücken, Büchern und den Spuren eines zahmen, frei umherfliegenden Wellensittichs voll bedeckt.

Es war das Zimmer eines Jungen, der keine Mutter mehr und einen schwerbeschäftigten Vater hat, der sich nicht um ihn kümmern kann und sein aus diesem Grunde belastetes Gewissen durch zahllose Geschenke zu erleichtern versucht.

Das Mädchen Hella, das Pips bekochte und dafür sorgen mußte, daß er rechtzeitig zur Schule kam, war auf den ersten Blick selbst noch ein halbes Kind. Auf den zweiten aber war sie vor allem schnippisch um die Nase und bediente sich eines hüftschwenkenden Ganges.

«Lieber Himmel», dachte ich und sank zu Pips aufs Bett. Seine rauhe Jungenhand war heiß.

«Jetzt isch sie do», grinste er in Franks Richtung – in Berlin hielt er es für sehr elegant, schwyzerisch zu sprechen. «Lueg, si isch au nimme bruun im Gesichtli.»

«Du hast Fieber», sagte ich.

«Quatsch», wehrte er ärgerlich meine Besorgnis ab. «Ich bin bloß 'n bißchen naß geworden heut nachmittag. An der Dampferanlegestelle, wo das Eis kaputt is, haben mein Freund und ich mit Paddeln auf den Eisschollen . . .»

«Helge!» rief Frank entsetzt. (Helge ist Pipsens richtiger Vorname, den er auf Ausweisen und Schulheften benutzt.)

«Sag bloß, du hast das früher nich gemacht! Dabei is mir auch nischt passiert. Bloß hinterher kam noch mein anderer Freund, der Günther, dazu, und da haben wir auf den Eisschollen Greifzeck gespielt. Ich bin auf die eine zu kurz gesprungen und reingeplumpst.» Er lachte mich an. Bei mir vermutete er irrigerweise mehr Verständnis für seine spaßhaften Spiele.

«Bursche, ich sage dir, du kriegst eine Tracht – eine Tracht –!»

«Wie bist du denn aus dem Wasser gekommen?» unterbrach ich Franks Drohungen.

«Och, ganz einfach. Rangeschwommen, rausgeklettert», nuschelte Pips.

Frank hatte das Zimmer verlassen. Ich hörte ihn durch die angelehnte Tür nach Hella rufen. «Wo ist das Fieberthermometer?»

«Das haben Sie doch neulich für Püppi gebraucht, wo Sie dachten, der hätte die Stuttgarter. Hinterher hab ich es abgekocht, und dabei is es kaputt gegangen.»

Frank benutzte einen Ausdruck, den ein Vater niemals in Hörweite seines Sohnes verwenden sollte. Dann kam er mit einer halbvollen Cognacflasche wieder und goß von ihrem Inhalt einen tüchtigen Schuß in ein Wasserglas.

«Das trinkst du in einem Zug aus!» knurrte er.

«Meinen Sie nicht, daß eine heiße Zitrone und ein Aspirin richtiger wären?» wagte ich einzuwenden, aber Frank hatte bereits das Glas an Pipsens widerwillig gekräuselte Lippen gesetzt. Der Junge gurgelte, prustete, schrie und schnitt Grimassen. Zehn Minuten später schlief er berauscht und friedlich lächelnd ein.

Während Hella für uns das Essen servierte, erzählte sie, wie Pips wirklich gerettet worden war. Zwei Männer waren mit langen Leitern und Stangen an die Stelle herangekrochen, wo er sich ans Eis geklammert hatte. Als die Feuerwehr kam, war er bereits an Land und hatte die ersten Ohrfeigen von seinen Rettern kassiert.

«Aber ich habe Ihnen nischt erzählt, nein?» fügte sie dringend hinzu. «Sonst rächt er sich an mir.»

Frank war sehr blaß nach Hellas Bericht. Er rührte keinen Bissen an, trank dafür aber um so mehr. Und ich glaube, er dachte an Pips' Mutter, die beim Baden ertrunken war.

«Der Junge muß ins Internat», sagte er nach einem langen, nervösen Schweigen. «Er braucht ständige Aufsicht und Erziehung. So geht das mit ihm nicht weiter. Er verludert vollkommen.»

Dann stand er auf, wanderte ein paarmal mit langen Schritten durchs Zimmer, und als er beim Stollenschrank vorbeikam, vor dem Püppi dröhnend schnarchte, gab er ihm einen ärgerlichen Schubs. «Du hättest besser aufpassen sollen, Hund.» Ehe er sich aber wieder zu mir setzte, packte ihn die Reue. Er ging noch einmal zu Püppi und streichelte ihn. «Kannst ja auch nichts dafür.»

«Glauben Sie, daß Sie ein Internat finden, in das kleine Jungen ihre Hunde mitbringen dürfen?» fragte ich.

«Tja, das wird noch ein Drama geben, wenn sich die beiden trennen müssen. Aber Sie sehen doch ein, daß Pips eine Aufsicht nötig hat!»

«Ich denke, er hat vor allem eine Mutter nötig.»

Frank sah mich an, kaute an einer Antwort und entschloß sich endlich, sie ungesagt hinunterzuschlucken.

Später sanken wir viele Zentimeter tief in die dicken Polster eines gelben Sofas. Frank zog eine pralle Fotohülle aus der Rocktasche: «Unsere St. Moritzer Bilder.» Und ich vergaß vor lauter Freude, Jean bildlich wiederzusehen, alles andere – Pips, Internat, Eisschollen und auch die enttäuschende Karte vom Rigi. Ein paar Minuten lang, während Frank mir Foto für Foto reichte, erlebte ich noch einmal St. Moritz: den See in der strahlenden Mittagssonne, Veit und Heidi vor der Pension, Pips mit dem Schilift aufwärts fahrend, mein in der Sonne plierendes, reichlich eingeöltes Gesicht, Frank beim Abfahrtslauf, etliche Aufnahmen von Jacqueline und Frank, der Julierpaß mit dem Autokühler im Vordergrund. Und dann eine Aufnahme, die ich kommentarlos zu den anderen in meinen Schoß legte. Pips hatte sie gemacht: ich hing in Franks Arm und lächelte zu ihm auf – und wenn ich nicht genau wüßte, daß ich in Jean verliebt wäre, müßte ich annehmen, ich wäre es in Paul Frank. So sah ich ihn auf dem Foto an.

Es folgten Pips und Karli mit selbstgebasteltem Schneemann, Landschaftsaufnahmen, alberne Gruppenbilder, Franks energisches Profil vor verschneiter Bernina und endlich Jean – riesengroß und strahlend, an seiner Schulter ein glückliches Julchen. Jean im Gegenlicht. Am Steuer seines Lancia. Jean lächelnd, blinzelnd ...

Und jetzt war nur mehr ein Bild in Franks Hand, das er verzückt anstarrte. Er wich geschickt meiner greifenden Hand aus.

«Diese Aufnahme werde ich jedem vorweisen, der die bekannte Drehbuchautorin Juliane Thomas kennenlernen möchte.»

Er zeigte es mir von weitem, und ich schrie auf: mein mißmutiges Profil über einem legeren, quergestrickten Männerpullover und darunter, platt bis zu den Knien hängend, die verflixte Hose.

«Geben Sie das sofort her, aber sooofortttt!» O weh, war ich wütend. Meine Fäuste hagelten auf Franks Arme nieder, ich bohrte die Fingernägel in seine Handrücken.

«Beißen mußt du auch noch, Julchen», lachte er, drückte mich sehr sanft an den Handgelenken in die Polster, und ich konnte mich nicht mehr wehren. Dunkel und lächelnd schwebte sein Gesicht über mir. Ich spürte die gleiche Verwirrung wie damals bei Abfahrt des Zuges, als er mich in den Arm genommen hatte ...

Und dann bekam ich einen klitschnassen, kalten Kuß – von Püppi, der gekommen war, um unseren Kampf zu inspizieren.

Frank setzte sich schwer atmend auf, ich streichelte mit zitternden Fingern den Hundekopf.

«Entschuldigen Sie, Juliane.» Er bückte sich nach dem zerknitterten Grund unseres Kampfes, dem Hosenfoto, das auf dem Teppich neben Püppis dicken Pfoten lag, und reichte es mir. «Ich bringe Sie jetzt nach Hause.»

Als ich um Mitternacht Onkel Julius' Wohnung betrat, schlief die Verwandtschaft bereits. Auf dem Garderobentisch lag eine von Hamburg nachgeschickte Postkarte von Jean. Eine Flugzeugaufnahme von Zürich, ein paar herzliche Worte, die man ohne weiteres auch an seine Großmutter schreiben konnte . . .

Ich setzte mich im Fremdenzimmer auf den Troddelsessel, der aus der Zeit stammte, wo man «Fauteuil» zu ihm sagte. Und dann betrachtete ich noch einmal die St. Moritzer Fotos, eins nach dem anderen, auch diejenigen, auf denen Frank zu sehen war.

Mein Klappstühlchen stand außerhalb des grellen Scheinwerferlichts neben dem Platz des Tonmeisters. Frank beachtete mich weniger als einen der Beleuchter, deren Beine aus luftiger Höhe ins Atelier baumelten. Aber mir gefiel die Rolle des huldvoll geduldeten Beobachters, der ab und zu einmal – selbstverständlich nur lobend – kritisieren durfte. Alle diese Menschen im Atelier brieten im Vollbewußtsein ihrer eigenen Wichtigkeit. Über allem aber tönte Diktator Franks schneidende Stimme, auch dann, wenn eine Aufnahme ihn zwang, den Mund zu halten. Er war von bewundernswerter Aktivität, trat keinen Augenblick in das Dämmer geistiger Abwesenheit, und – das stand fest – er genoß sich selbst dabei.

Wenn er plötzlich mitten in einer zum vierten- oder fünftenmal gedrehten Szene aufsprang, dirigentengleich die Arme hob und sie vernichtend niederschleuderte oder, unwillig winkend, den ganzen blendenden, tönenden Apparat zum Verlöschen brachte: «Aus! Das war Scheibenhonig!», dann konnte ich begreifen, daß nur charakterlich sehr gefestigte Menschen dem Rausch der Macht und Allmächtigkeit widerstehen können. Franks Schatten und sorgfältiger Imitator seiner gespannten, eindrucksvollen Bewegungen und leger sitzenden Jacken, der zwanzigjährige Regieassistent Neuman (mit einem n, bitte!), tippte mir einmal wohlwollend auf die Schulter. «Na, gnädige Frau, wie gefällt Ihnen unser Betrieb. Ganz lustig, was?»

«O ja, gewiß.»

Warum war ich noch immer in Berlin? Was hielt mich hier!? Etwa die Atelierluft? Kaum. Die zänkische Stimmung in Onkel Julius' Wohnung? Waren es unsere gemeinsamen Erinnerungen an St. Moritz, die mich an Frank ketteten, die Angst vor der Leere in Hamburg, wo niemand war, mit dem ich über Jean Berner sprechen konnte?

«Danke. – Schluß für heute!» rief Frank gerade.

Die Lampen erloschen. Allgemeines befreites Recken. Der Tonmeister neben mir nahm seufzend die Kopfhörer ab.

Frank kam auf mich zu, den roten Druckstreifen auf seiner Stirn reibend, den der Blendschirm hinterlassen hatte.

«Kommen Sie mit in den Vorführraum.» Seine Hand legte sich auf meine Schulter. «Hinterher fahren wir noch etwas trinken.»

«Und Pips?» mahnte ich.

Auf einmal wußte ich, was mich vor allem in Berlin festhielt: Pips. Unsere Freundschaft hatte sich in jener Woche, in der er seine Wannseegrippe ausschwitzen mußte, merklich vertieft. Ich saß fast täglich bei ihm auf dem Bettrand, die unbeschuhten Füße zum Wärmen in Püppis Fell. Wir lasen oder erzählten. Manchmal spielten wir zu zweit Canasta, aber Pips mogelte mir zu geschickt. Ich lernte an Hand von Buntstiftzeichnungen die Beschaffenheit eines Außenbordmotors kennen und sämtliche Segelboot-Typen. Und ich hatte bisher gar nicht gewußt, daß mich technische Dinge so sehr interessierten.

Als Pips aufstehen durfte, fütterten wir gemeinsam «seine» Möwen, die das Steggeländer weißten und Püppi ärgerten, indem sie ihn ganz nah an sich herankommen ließen, und dann mit schrillem Schrei in die Luft stießen. Ein warmer, heftiger Westwind hatte in wenigen Tagen das Eis getaut und den Schneematsch aufgetrocknet. Der Garten stieg frischgewaschen und nackt den Berg hinauf zur Villa. Spatzen piepsten im bizarren Nußbaumgeäst. Vorfrühling – braungrün, herb duftend, voll ungeduldigen Stürmens und erwachender Sehnsucht. Und von Berner erhielt ich Postkarten, manchmal auch einen Brief, dessen milde-zärtlicher Inhalt durch keinen Funken frühlingsvoller Ungeduld gesprengt wurde. War denn in Zürich noch immer tiefer, ahnungsloser Winter?

«Es is ganz schön, wenn Sie hier sind», sagte Pips neben mir. «Dann kommen wenigstens nich die andern Frauen, die Mutter bei mir werden wollen.»

«Möchtest du keine neue Mutti?»

Er überlegte einen Augenblick, und ich sah an seinem gefurchten Gesicht, daß ich ihm eine schwierig zu beantwortende Frage gestellt hatte. «Nö», sagte er endlich, «das gäb bloß Schwierigkeiten.»

Es war Sonntag, und wir wanderten den von einem Regenguß furchig gespülten Serpentinenweg zum Seeufer hinunter.

Pips maulte, am Halsband den schweren, in sich schwankenden Püppi führend, hinter uns her. Beim Mittagessen hatte Frank ihm mitgeteilt, daß er ihn in einem Schwarzwälder Internat anmelden wolle.

«Es wurde mir als besonders gut empfohlen, und ich erwarte von dir, daß du dich dort anständig beträgst.»

Pips wurde sehr blaß. Er legte seinen Löffel hin, mit dem er noch eben eine Riesenportion Zitronencreme eingefahren hatte, und sah seinen Vater fassungslos an.

«Frau Thomas hält es auch für das beste», sagte Frank schnell. Ich warf ihm einen verächtlichen Blick zu: Feigling, die halbe Verantwortung auf mich abzuwälzen!

«Es sind bestimmt viele nette Jungens dort. Im Winter hast du herrliches Schigelände –»

«Aber Püppi!»

Der Hund hob den Kopf, als er seinen Namen hörte, und Frank senkte den seinen über den Cremeteller. Und hatte nun auch keinen Appetit mehr.

Wir standen schweigend am Seeufer. Der scharfe Westwind massierte unsere Haut, kleine gelbe Schaumköpfe klatschten an die Mauer und hoch hinauf an den Stegbohlen. Pips warf einen schweren Blick auf sein Boot, das aufgebockt im Schuppen stand. Er hatte große Wasserpläne für diesen Sommer gehabt.

«Nehm' se mich auch, wenn ich miese Zeugnisse kriege?»

«Dann erst recht.»

«Und wenn sie vielleicht gut ausfallen?»

«Glaubst du an gute?»

Er seufzte: «Nein.»

«Als Vater darf ich doch kein unbegrenztes Verständnis haben», knurrte Frank, als wir zum Haus hinaufstiegen. «Schließlich soll was Ordentliches aus dem Jungen werden.» Und dann fluchte er: «Diese verdammte Pädagogik!»

Seit diesem Mittag ging Pips mit tragischem Gesicht umher, das er nur aufgab, wenn er sich unbeobachtet glaubte. Er vermied es, den Widerspruch seines Vaters durch eine offene Revolte gegen das Internatsprojekt zu reizen, sondern litt still vor sich hin und ließ nur manchmal eine Bemerkung fallen wie etwa «Jetzt haben wir die Stämme für unser Floß umsonst gesägt, Paps» oder «Püppi wird sich kaputt leiden, wenn ich weg bin» oder «Das schöne, schöne Obst, das klauen nun die anderen Mieter!» Als all diese herzrührenden Feststellungen nichts nützten, fuhr er eines Abends ein besonders trauriges Geschütz auf, indem er sich vor den Kamin stellte und laut zur aquarellierten Bergliot hinaufseufzte: «Ogottogott, wenn Mummi wüßte, daß ihr Pips ins Internat soll!»

«Helge Frank», sagte sein Vater kopfschüttelnd, «gib's auf. Die Würfel sind bereits gefallen. Ich hab dich gestern angemeldet.»

Pips hatte ein bewundernswertes Naturell. Wenn er einsah, daß er etwas Unangenehmes weder durch Trotz noch durch sentimentale Maschen verhindern konnte, versuchte er dem Unangenehmen die erfreulichsten Seiten abzugewinnen – und ein Geschäft daraus zu machen.

Ich stand bereits zum Fortfahren angezogen in der Halle, als der Knabe noch einmal auf bloßen Füßen aus seinem Bett geschossen kam. In der Hand hielt er ein beschriebenes Blatt.

«Paps. Würdest du das, bitte, unterschreiben?»

«Nachher. Jetzt bringe ich Frau Thomas nach Haus.»

«Aber Frau Thomas muß auch unterschreiben – als Zeugin.»

«Nervensäge!»

Wir lasen gemeinsam den in Druckschrift verfaßten Text auf Vaters bestem Briefpapier.

Er lautete:

«Ich, Helge Frank, verspreche ohne Krawall ins Internat zu gehen, wenn mein Vater der Reschisseur Paul Frank, sich verpflichtet

1. jeden Monat zwanzig Mark Taschengeld zu schicken
2. mir ein neues Zelt zu kaufen das größer ist als mein altes
3. bei seinen Besuchen Püppi mitzubringen –»

«Bursche!»

«Du hast noch nicht alles gelesen!»

«Marsch, ins Bett!»

«Unterschreibst du?»

Frank trat drohend einen Schritt vor, Pips duckte sich und entflitzte.

«Unterschreiben Sie?» fragte ich, als wir im Wagen saßen.

«Kann ich doch nicht! Dann ginge meine letzte Autorität flöten.»

«Aber Sie erfüllen trotzdem alle Punkte?»

Büffel antwortete nicht darauf, er sagte nur kopfschüttelnd: «Daß der Bengel es doch nicht lernt, richtig die Kommas zu setzen.»

Beim Abschied küßte er mich leicht auf die Wange, eine Herzlichkeit, gegen die ich nichts einzuwenden hatte. Ich mochte Frank immer lieber. Er war wirklich ein angenehmer Mann, solange er nicht Zahnschmerzen hatte oder auf Herrn Uri zu sprechen kam...

Ich sah seinem abfahrenden Wagen mit unentschlossen-zärtlichen Gefühlen nach und ahnte nicht, daß das mein letzter Abend in Berlin gewesen war.

Auf der Diele zu Hause lag nämlich ein Luftpostbrief für mich. Aus Zürich.

«Meine liebe Juliette», schrieb Jean, «wie geht es Dir? Bist Du noch in Berlin? Wenn ja, so grüße die Franks herzlich von mir und bestelle Büffel, daß er bald einen ausführlichen Bericht von mir bekommen wird. Ich habe im Augenblick viel Zeit zum Schreiben, unfreiwillige Zeit. Vor zwei Tagen stürzte ich und brach mir dabei den rechten Fuß, es ist sehr ärgerlich.

Du hast Sehnsucht, mein Liebes? Ich würde Dich auch sehr, sehr gern sehen, doch fürchte ich, daß ich Dir in meinem augenblicklichen lahmen Zustand wenig von unserem Ländli zeigen könnte, wie ich versprach. Wenn Du trotzdem kommen möchtest –»

Ich stolperte mit dem Brief in der Hand über den dunklen Flur zur Praxis und drehte hastig Franks Nummer. Es tutete mehrere Male, ehe sich Pips' verschlafene Stimme meldete. Gleichzeitig öffnete sich hinter mir die Tür, und Onkel Julius, ganz in Weiß, stürmte herein.

«Wer ist da?» gähnte Pips.

«Ach, du bist's, Julie!» Onkel Julius verbarg einen Gegenstand in den zerknitterten Hemdfalten, einen Gegenstand, dessen Form ich so rasch nicht erkennen konnte, von dem ich aber annahm, daß er sehr hart war.

«Hattest du jemand anderes erwartet, Onkel?»

«Wie?» krähte Pips in mein Ohr. «Sind Sie das, Frau Thomas?»

Onkel Julius nuschelte etwas Grobes und zog sich eilends zurück.

«Ist dein Vater schon zurück, Pips?» fragte ich.

«Nein, glaub nich. Is was Wichtiges?»

«Ich fahre morgen nach Hamburg und von dort nach Zürich.»

«Ach. – Dann kommen Sie nich mehr zu uns raus, nein?»

«Ich werd's kaum schaffen, Pips. Laß es dir gut gehen, bleib gesund und nimm's nicht so schwer mit dem Internat. Der Schwarzwald ist wunderschön, und Paps wird dich bestimmt mit Püppi besuchen.»

Es dauerte lange, ehe eine Antwort kam.

«Na gut», sagte er endlich. «Auf Wiedersehen, Frau Thomas.»

Die Enttäuschung in seiner Stimme – einer kleinen, blechernen, müden Jungenstimme – dämpfte meine Freude sehr.

«Pips», rief ich, «in den Sommerferien besuchst du mich in Hamburg. Wir fahren zusammen an die Nordsee. Magst du?»

«Ja», sagte er und gab den Hörer an Frank weiter.

«Hallo, Juliane, ich komme gerade ins Haus. Was gibt es?»

«Sie fährt morgen nach Hamburg und dann nach Zürich», hörte ich Pips sagen.

«Zu wem fahren Sie denn? Zu Uri oder Berner?»

«Zu Jean natürlich. Er hat sich den Fuß gebrochen und möchte mich gern sehen.»

«So.» Kaum ein Wörtchen kann soviel Eiskälte ausstrahlen wie ein kurzes «So».

«Aber Frank», rief ich erschrocken, «was haben Sie denn? Freuen Sie sich nicht mit mir?»

«Über einen gebrochenen Fuß?» fragte er schroff. «Ich dachte, Juliane –» Aber er sprach es nicht aus, was er dachte, sondern sagte nur: «Gute Reise und grüßen Sie Jean.»

Ein Klicken in der Leitung. Er hatte eingehängt.

«Ach, Büffel –»

Ich stand noch einen Augenblick ratlos im Sprechzimmer. Die Galgensilhouette des Bohrapparates wirkte gespenstisch im fahlen Licht einer Straßenlaterne. Davor erhob sich wuchtig der Behandlungsstuhl, und ich hatte plötzlich ein Gefühl, das höchstens einen Zahnarzt überkommt, der Abschied von seinem gepfändeten Inventar nehmen muß: ich fühlte Sentimentalität beim Anblick des vertrackten Stuhles, denn in ihm hatte damals alles begonnen . . .

Es war das erstemal, daß ich mich freiwillig hineinsetzte. Im Nacken ein kühles, verstellbares Polster (das so konstruiert ist, daß es sich keinem Patientenkopf anpassen kann), träumte ich mich an einem Lindenast vor dem Fenster fest. Ich sah deutlich die zahllosen ängstlichen, von hier versandten Blicke an seinen nackten Ästen baumeln. Büffels waren auch darunter. Sie hatten ein Schildchen um, auf dem «7. Oktober» stand. Und heute war der 7. April.

Ich überdachte noch einmal die vergangenen Monate – Jürgen, Berner, Büffel, Jürgen, Büffel, Uri, Büffel, Pips, Uri, Berner, Berner! Berner!! Büffel, Pips . . .

Tja, Frank und Pips. Die beiden waren ein Teil meines Lebens geworden. Sie gehörten zu mir, und ich gehörte zu ihnen. Aber wenn Jean mich rief, mußten sie halt zurücktreten.

Noch in derselben Nacht packte ich meine Koffer und fuhr mit dem ersten Zug nach Hamburg.

«Na ja», sagte meine Schwester Susi gnädig, als sie den männlichen Grund meiner Reise erfuhr, «ein blindes Huhn findet auch mal 'nen Hahn.»

«Du meinst – ein Korn», verbesserte ich, meine Schuhe in Hüllen verpackend und auf den Kofferboden legend.

«Ist er nett?»

«Ziemlich. In meiner Handtasche sind Fotos von ihm.»

Ich beobachtete heimlich und genußvoll durch den Spiegel, wie Susi mit ungläubigen Blicken den fotografierten Jean betrachtete, wieder und wieder. Für ein ‹blindes Huhn› war er gewiß ein außerordentlicher ‹Fund›.

«Wenn ihr heiraten solltet, werden wir dann alle nach Zürich eingeladen?» fragte sie endlich – in den Augen jenen typischen Susi-Ausdruck voll listiger Naivität.

«Wenn ich Jean drum bitte – natürlich.»

«Jule», fragte sie eifrig, «kann ich dir was helfen?»

«Nein, danke.»

«Ich helfe dir gern –»

Als ich nichts mehr erwiderte, stellte sie sich vor den Spiegel, und ich war sicher, daß sie uns beide darin verglich und dabei an Berner dachte. Und was er wohl zu einer so reizenden, blütenfrischen Schwägerin sagen würde. Es soll ja öfter vorgekommen sein, daß ein Mann zuerst die ältere Schwester kennenlernte und dann die jüngere liebte . . .

Susi hatte immer alles von mir haben wollen: meinen Lippenstift, meine Schuhe, mein Geld und meine Verehrer. Aber Jean Berner nicht, hörst du, Susi? Ihn auf keinen Fall.

Und dann kam Jürgen Kolbe. Er schnitt eine Grimasse, die da verlangte: Wirf deine Schwester raus, ich möchte mit dir reden! Und ich sagte: «Susi, du wolltest mir doch helfen. Hol meine Kostüme aus der Reinigung, ja?»

Jürgen setzte sich auf den Boden und sah mir beim Packen zu. «Ich möchte nicht Kleid bei dir sein – rin in die Koffer, raus aus die Koffer. – Seit unserer Entlobung bist du in einem Reisen, Julie, und in einem Lieben. Den Uri – weißt du – den habe ich nicht ernst genommen –» Weiser Knabe! dachte ich. «– aber diesen Neuen, mit dem scheint's dir nun wirklich ernst zu sein. Jetzt gebe ich alle Hoffnung auf, dich wiederzugewinnen.»

«Laß man», tröstete ich ihn, «Karin ist eine so nette Frau. Sie kann auch besser kochen und nähen als ich, sie . . . komm, setz dich zu mir auf den Deckel, sonst kriege ich die Schlösser nicht zu.»

Wir saßen noch eine Weile nebeneinander auf dem Koffer. In der grauen Dämmerung vor den Fenstern zwitscherte ein Spatz. Und ich glaube, Jürgen dachte auch an die Zeit, in der wir anfangs gemeinsam Pläne geschmiedet und am Ende getrennt geweint hatten.

«Laß mich mal ziehen.» Ich nahm ihm die Zigarette vom Mund. Es war die letzte, die wir gemeinsam rauchten. Es war der endgültige Abschied von Jürgen Kolbe, das spürte ich und hatte nichts dagegen, daß er seinen Arm um meine Schulter legte. Denn schließlich sind auch wir einmal glücklich miteinander gewesen.

Fünftes Kapitel

Um sieben Uhr wurde ich durch einmaliges Telefonklingeln vom Hotelportier geweckt.

Von sieben Uhr fünfzehn bis neun schrieb ich an meinem neuen Romanmanuskript.

Punkt neun Uhr fuhr ich in die Halle hinunter und stieg zu Maria und ihren beiden noch nicht schulpflichtigen Kindern in den wartenden Wagen. Maria war Berners älteste Schwester, eine vollendete Dame mit mattpolierten Reizen, die sich von jeher auf ihr Benehmen verlassen konnte. Ich glaube, sie hat es noch niemals nötig gehabt, «Uris» oder andere Lügen zu erfinden. Während des Krieges war sie in einer Hilfsorganisation, wofür sie einen Orden erhielt.

Ihr Mann leitete eine Seidenspinnerei, und ihr wohlgeordneter Haushalt ließ ihr genügend Zeit, sich vormittags um den komplizierten, brüderlichen Knöchelbruch zu kümmern.

Um neun Uhr fünfzehn versammelten wir uns in Berners Bibliothekszimmer vor dem riesigen Schiebefenster. Er selbst lag auf einem Sessel mit hochgestelltem Fuß, der sich kurz nach unserem Eintritt balletteusehaft in die Lüfte hob, denn Maria schob ihm ein vorsorgliches Kissen unter, und ich schob noch ein eifersüchtiges hinterdrein.

Man überließ mir den Platz gegenüber dem Fenster, damit ich das sauber gezeichnete Panorama genießen konnte. Das war übrigens das einzige, was mich an diesen Vormittagen daran erinnerte, daß ich mich im Schokoladen- und Käseland Schweiz befand. Unser Frühstückstisch tat dies nicht. Ihn zierten auf Marias Geheiß nur Joghurtflaschen, geschabte Rüben, Toast und Weizenkeime. Diese Nahrung mochte modern und gesundheitsfördernd sein, stimmungsfördernd war sie nicht. Obgleich es ganz lustig klang – wie bei Kaninchens etwa –, wenn wir unsere Rüben mümmelten.

Gegen zwölf Uhr wechselte Schwester Rosi Schwester Maria im Kümmern um den Bruder ab. Rosi war eine vollendete Hausfrau und Köchin!! Von Rohkost hielt sie übrigens nichts, dafür um so mehr von Chässchnitzel, Berner Platte, Geschnetzeltem, und nachdem ich einmal das von ihr zubereitete Nationalgericht Fondue gegessen hatte, mußte ich eine Stunde lang mit geöffnetem Kleid still daliegen und eine Menge Natron verzehren.

Wir mochten uns vom ersten gemeinsamen kulinarischen Gespräch an gern – aber leider hatte auch sie kein Verständnis dafür, daß ich ihren Bruder manchmal allein sehen wollte.

Nach Praxisschluß erschien Irene, die Ärztin. Im Gegensatz zu ihren Schwestern interessierte sie sich für Politik und gehörte einer Gruppe an, die für das Wahlrecht der Schweizer Frauen kämpfte. Irene war nicht nur Jeans Lieblingsschwester, sie sah ihm auch am ähnlichsten.

Nach dem Abendbrot spielten wir mit Freunden Bridge, sofern nicht der Vertreter kam, der Berners Praxis führte. Um zehn Uhr verabschiedete ich mich von Jean mit einem Wangenstreicheln und fuhr ins Hotel zurück. Meistens schrieb ich noch bis nach Mitternacht an meinem Manuskript. Es kam aber auch vor – und an den letzten Abenden immer öfter –, daß ich die Hände untätig im Schoß hielt und nachdachte.

Es mußte wunderschön gewesen sein – damals in St. Moritz ...

Von Frank hörte ich nichts, nicht ein Wort – obgleich ich ihm bereits zwei Ansichtskarten geschickt hatte, eine Aufnahme von Zürich mit allem Panorama drauf und eine vom Rigi, auf dem ich noch nicht gewesen war.

Frank fehlte mir. Ich brauchte seinen Spott und seine Vitalität, wie ich früher die Kräche mit Jürgen gebraucht hatte. In Jeans Nähe wuchsen mir Flügel – und Julchen Thomas als Engel, das war irgendwie unheimlich.

Eines Morgens kam ein Brief voll unordentlicher Buchstaben. Er war für mich, an Berners Adresse gerichtet, und er gab ihn mir, als wir auf seinem Balkon in der Sonne lagen. Maria und ihre beiden Kleinen waren auch da und Rosis Sohn, der für den historischen Unterricht die Konföderation der dreizehn Schweizer Kantone lernte. Jean hielt sein Geschichtsbuch in der Hand und hörte ihn ab. Maria strickte etwas Maisgelbes.

«Nun, was schreibt unser Pips?»

Ich entfaltete das Blatt und las es laut vor.

«Liebe Frau Thomas!

Ich schicke den Brief an Onkel Jean, weil ich nicht weiß wo Sie in Zürich wohnen. Es ist ganz schön hier im Internat. Aber Püppi fehlt. Die Jungs sind nett bis auf einen. Den habe ich gestern zusammengehauen, weil er die kleine Katze wo der Köchin gehört, mit einem Strick gewürgt hat. Ihre Augen kwollen schon raus. Da kam ich zu und hab ihm was gegeben, Mensch! Nu fehlen ihm zwei Zähne vorne, deswegen habe ich Stubenarrest aber bloß heute. Er muß die ganze Woche brummen und die Köchin bringt mir immer heimlich Kekse und sowas rauf. Vergessen Sie nicht, daß wir im Sommer zusammen an die Nordsee wollen.

Viele Grüße auch an Onkel Jean
Helge Frank.»

Zwischen uns spielten Marias Kinder. Sie waren sehr wohlerzogen und behütet. Sogar saubere Nägel hatten sie. Das fiel mir auf, als ich Pips' Brief langsam zusammenfaltete.

«Dieser Helge scheint ein rechter Rüpel zu sein», sagte Maria. Ihre Kinder hatten eine väterliche Großmutter, eine Mutter, ein Fräulein und etliche Tanten. Pips hatte einen vielbeschäftigten Vater und ansonsten nur einen Bernhardiner, der ihn aber auch nicht daran hindern konnte, in den See zu fallen. Und auf einmal hörte ich mich aufgebracht in den Zürcher Frühling hineinbrüllen:

«Pips ist kein Rüpel, sondern ein feiner Kerl. Er liebt Tiere, und wenn er diesem verdammten Bengel, der die Katze gequält hat, alle Zähne ausgeschlagen hätte, so wär das auch nicht schlimm gewesen!»

Ich sah Jeans Gesicht, das freundlich-mahnend hin und her pendelte, ich blickte nicht zu Maria, sondern beschämt in meinen Schoß.

«Die Tante hat verdammt gesagt», krähte ihre Tochter, und Rosis Sohn strahlte mich verklärt an.

«Bitte, verzeihen Sie», murmelte ich.

«Nun, nun –» Maria lächelte, sie war wirklich eine vollendete Dame – «man vergißt sich schon mal. Mir ist neulich auch ein Wort entrutscht, von dem ich gar nicht wußte, daß ich es überhaupt kenne. – Aber warum waren Sie so erregt? Ich wollte Sie gewiß nicht kränken.»

«Ich wollte auch nicht erregt sein», beteuerte ich. Die Bemerkung, Pips sei ein Rüpel (was haargenau stimmte), war auch nur der unbedeutende Anlaß, nicht der eigentliche Grund meiner Gereiztheit.

Über den dachte ich ausführlich am Nachmittag nach, als ich spazierenging. Um mich plusterte sich Zürich wohlig in der Sonne. Es reckte seine Kirchtürme in den seidigen, blauen Himmel, und alle Glocken läuteten eine Viertelstunde lang den Samstagabend ein. Sie läuteten die Luft von Straßengeräuschen frei und ins Gewissen.

Eine Möwe hob sich vom Fluß, flog am stämmigen Turm von St. Peter vorbei und verlor sich in der Weite. Ich liebte Zürich, ich liebte

Jean und kam ihm doch nicht um einen Deut näher als den seltenen Tieren im Zoo.

Pips hätte das trennende Gitter zwischen uns einfach überstiegen. Pips wußte und tat immer, was er wollte. Er ging seinen geraden Weg, ließ sich weder durch Erinnerungen noch durch Sentimentalitäten beirren, und wenn ihm etwas nicht paßte, sagte er das laut und deutlich. Aber er hatte auch den Vorteil, elf Jahre alt zu sein, und man verzieh ihm sein unkonventionelles Benehmen ob seiner Jugend.

Was geschähe wohl, wenn ich vor Jeans Familie hinträte und sagte: «Entweder laßt ihr uns endlich einmal allein, damit wir uns wieder näherkommen können, oder ich verschwinde endgültig!»

Wahrscheinlich – nein sicherlich – würde ich auf dem schnellsten Wege verschwinden *müssen*, denn ich war nicht mehr elf Jahre alt, ich war verantwortlich für alles, was ich sagte.

Jean humpelte mir, auf einen Stock gestützt, entgegen, als ich zurückkam.

«Rosi ist eben gegangen, und Irene wird erst in einer halben Stunde hier sein, sie muß noch einen Hausbesuch machen», sagte er.

Ich sah ihn an – er war erregend schön. Ich warf meine Arme um seinen Körper und seufzte den abgeschmacktesten Satz der Literaturgeschichte: «Endlich allein!»

Und was dann kam, war unser erster ausführlicherer Kuß.

«Ist dir meine Familie so zuwider?» fragte Jean ein wenig später.

«Aber nein. Es ist die reizendste Familie, die ich jemals kennenlernte. Rosi, Irene, Maria, ihre Männer, dein Vater, die Kinder . . . jeder einzelne ist liebenswert. Aaaber –» meine Finger klammerten sich um seine Kragenecken wie um einen Rettungsring, «– warum sind wir nie allein? Du bist höflich bis zur Selbstaufopferung, Jean, und merkst nicht, wie man langsam, aber sicher dein Eigenleben auffrißt! Du wirst eines Tages nur mehr ein Bruder, Onkel, guter Freund und Herr Doktor, nicht aber der Mann Jean Berner sein!»

«Und ist das nicht viel wichtiger?» entgegnete er mit seinem stillen, freundlichen Lächeln, das ich ihm manchmal mit den Fäusten aus dem Gesicht schlagen möchte. Aber es lohnt nicht. Er würde auch dann nicht mit den Zähnen knirschen, sondern sich bei *mir* für *meine* pöbelhafte Tat entschuldigen.

Ich ließ seine Kragenecken los und trat ans Fenster.

«Du wirst immer allen Menschen gehören, Jean, niemals einer Frau allein. Du hättest als Lieber Gott geboren werden müssen, aber nicht als Mann, der so – so beunruhigend männlich aussieht.»

«Juliette!» Da war plötzlich wieder jenes zärtliche Lachen in seinem Gesicht, dem zuliebe ich seit Monaten eine Dummheit nach der anderen beging. «Juliette, morgen fahren wir beide ganz allein zum –»

«Bitte, bitte, sag jetzt nicht Rigi, sonst schrei ich! Sag, daß nur unser Alleinsein zählt, wohin wir auch fahren!»

Er sagte es.

Am nächsten Tag, der im diesigen Licht einer unentschlossenen Sonne lag, die nicht klar durch den Wolkenschleier brechen, aber auch nicht gänzlich verschwinden wollte, fuhren wir nach Luzern. Ich steuerte seinen Lancia die herrliche Waldstraße nach Zug hinauf und an den Seen entlang und durch die blitzsauberen Ortschaften – hinter uns im Fond saßen artig Marias beide Jüngsten . . . Denn: «Schau, Juliette, Kinder stören doch nicht! Und sie fahren so gern spazieren.»

Das Telefon schrillte. Ich nahm den Hörer ab, und der Hotelportier sagte: «Ein Herr wünscht Sie zu sprechen, Madame. Er wartet unten in der Halle.»

Ein Herr – ich suchte nach meinem Kamm, wo war bloß mein Kamm! –, was für ein Herr? Ich fand den Kamm nicht – vielleicht war es Jean-auf-Krücken, vielleicht Frank? – Wo war mein Lippenstift? Ich konnte auch meinen Lippenstift nicht finden.

In der Hotelhalle saß nur ein Herr mittleren Alters, zartflanellgrau vom Scheitel bis zur Sohle. Aber der war's leider nicht. Das Unheil schoß spinnendünn und eine Spur zu kahlköpfig vom Empfangstisch her auf mich zu.

«Julietta!» rief es laut und: «Endlich!»

Na, na, dachte ich und wollte einen abweisenden Schritt zurücktreten, aber ich konnte nicht. Ich war wie erstarrt und fühlte spinnendünne Arme, und im gleichen Augenblick betraten Maria und ihre beiden noch nicht schulpflichtigen Kinder die Hotelhalle, um mich abzuholen. Sie sahen sofort die fremden Arme, die mich umschlossen. Ich versuchte, mich zu befreien, ich schrie, aber es kam kein Ton aus meiner Kehle. Warum ging der Kerl nicht fort. Was wollte er von mir? Woher wußte er meinen Namen? ‹Julietta›, sprach er ihn aus. Das klang theatralisch – irgendwie nach Verdi-Oper.

«Lassen Sie mich los!»

«Guten Morgen, Frau Thomas», sagten Marias Kinder artig und verwundert.

«Verzeihen Sie, gnädige Frau», sagte der Mann und ließ mich endlich los, um eine Verbeugung vor Maria zu starten. «Verzeihen Sie, wenn ich mich nicht sofort zurückziehe, aber ich habe Julietta so lange nicht gesehen. Wir wollten ...» Und dann fühlte er Marias damenhaftlächelnden, doch zweifellos befremdeten Blick.

«Uri ist mein Name!» stellte er sich vor.

Uri! Mein erster Gedanke war bezeichnend für die Intensität, mit der ich das Lügen betrieb. Ich dachte: «Verflixt, jetzt ist das Luder doch noch aufgekreuzt!» Erst dann fiel mir ein, daß es ihn gar nicht gab, daß er nur eine Erfindung von mir war. Sozusagen eine Notlüge. Wenn aber eine Notlüge Beine, spinnendünne Arme und eine hohe Fistelstimme bekommen konnte, die mich Julietta nannte ...

Ich war stark verwirrt. Doch, das war ich.

«Fräulein Thomas und ich wollten uns – au! – zu Weihnachten – au!»

«Mammi, warum tritt die Tante den Herrn?» fragte Marias Sohn.

«Habe ich Sie getreten, Herr Uri? Das tut mir leid, aber –»

«Was wollten Sie mit Frau Thomas zu Weihnachten?» fragte Maria freundlich-interessiert.

«Mich verloben, gnädige Frau. Leider starb mein Vater.»

«Ach, das wird meinen Bruder sicher interessieren.»

«Es war ein Herzinfarkt, kein außergewöhnlicher Fall, gnädige Frau.»

«Ich meinte, daß es meinen Bruder nicht nur medizinisch interessieren wird», sagte Maria und lächelte noch immer.

Mir war, als ob man meine Seele gehäutet hätte. So wund und roh und entsetzlich war mir.

Das kommt vom Lügen, Jule! Schadet dir gar nichts, Jule! Lügen haben immer kurze Beine, sagt das Sprichwort. Herr Uri hatte aber lange Beine. Mit langen Beinen holte er mich noch schneller ein. Jetzt saß ich in der Tinte. Aber es gab doch keinen Uri!

«Der Herr ist ein Hochstapler!» rief ich Maria zu, aber sie schüttelte (selbstverständlich lächelnd) den Kopf und sah mich durchdringend an. *Sie* sind eine Hochstaplerin, Frau Thomas! sagte ihr Blick. Da setzte ich mich mitten in der Hotelhalle nieder und verstarb, ohne den Empfangschef noch um meine Rechnung bitten zu können ...

Es gibt Träume, bei denen weiß man, während man sie träumt, daß sie Traum sind. Und es gibt welche, bei denen weiß man's nicht, auch dann noch nicht, wenn man in einem sonnenbeschienenen Hotelzimmer um acht Uhr morgens aufwacht.

Zum Arbeiten kam ich an diesem Vormittag nicht mehr. Herr Uri spukte in all meinen Knochen und Gedanken. Herr Uri und Marias durchdringende Augen: *Sie* sind eine Hochstaplerin, Frau Thomas!

Ich glaube, ich muß mal zu einem Anwalt gehen, um mir diesen Begriff genau definieren zu lassen. Ich möchte wissen, ob man ein Hochstapler ist, wenn man eine Person erfindet, sich mit ihr verloben will und dann ihren Vater sterben läßt, um sich nicht verloben zu müssen. Möglich, daß mich der Anwalt zu einem Psychiater schickt.

Auf jeden Fall hatte mich der Traum in panische Unruhe versetzt. Gesetzt den Fall, irgendein Jemand, der mir nicht wohlwollte und der meinen Schwindel durchschaut hatte, kaufte sich einen Zürcher, der bereit war, Herrn Uri darzustellen und – ähnlich wie im Traum – gerade in dem Augenblick aufzutauchen, da ein Bernersches Familienmitglied in hörbarer Nähe war . . .

Noch heute vormittag wollte ich eine Generalbeichte vor Jean ablegen, und es war mir ganz gleich, ob die Ohren seiner Verwandtschaft zuhörten. Ich wollte mich lieber blamieren als noch einmal schwindeln.

Ich kam nicht zum Beichten. Jean rief mich an, als ich beim Zähneputzen war.

«Juliette –» seine Stimme klang samtwarm und zärtlich, aber ihre Zärtlichkeit war so unlebendig wie Samt, «– ich fahre heute früh in meine Praxis.»

«Du kannst doch noch nicht laufen!»

«Ich muß eben, mein Herz. Einige Patienten sind gar nicht zufrieden mit meinem Vertreter – einem, wie du weißt, durchaus zuverlässigen Mann. Aber sie wollen von mir behandelt werden.»

«Sicher Frauen», sagte ich.

«Es handelt sich um Kranke», verbesserte er mich sanft, und ich war beschämt. «Übrigens rief Tante Marie eben an. Sie möchte dich heute nachmittag bei sich haben, du wirst schlecht absagen können. – Wir sehen uns dann heute abend, Juliette.»

«Werden wir allein sein, Jean? Bitte, bitte, laß uns allein sein, ich muß mit dir sprechen!»

«Ich hoffe sehr, mein Herz.» Er wollte einhängen, aber ich rief dringend: «Jean!»

«Ja?»

«Warum hast du mich nach Zürich geholt? Ich dachte, ich könnte dir helfen, dich pflegen, ich dachte, du brauchtest mich, aber –»

«Du hast mich wundervoll gepflegt, Juliette», versicherte er, «und es ist wunderschön, dich hier zu haben. Aber über all das können wir uns heute abend unterhalten, nicht wahr? Der Mietchauffeur ist gerade gekommen, um mir die Treppe hinunterzuhelfen. Du weißt, die Treppen und das Autofahren machen mir noch Kummer.»

«Ich weiß», sagte ich folgsam und traurig. Und war ihm nicht einen Schritt nähergekommen. Aber heute abend wollte ich mit ihm sprechen, heute abend wollte ich ihm alles sagen, was ich auf dem bedrückten Herzen hatte.

Jener Abend! Ich werde ihn nie vergessen.

Doch am Nachmittag fuhr ich erst einmal zu Tante Marie.

Sie war die Schwester seines Vaters, eine große, stattliche Frau mit männlichen Zügen, weißem Haar, das wie Watte aussah, und sie trug stets schwarze, formlose Seidenkleider mit St. Galler Spitzenkragen. Ihre schlaffen Ohrzipfel und prallgestopften Finger belastete sie mit altmodisch gefaßtem Schmuck, und die Familie behauptete – nachsichtig lächelnd –, sie sei nicht ganz fein.

Ich hatte Tante Marie während ihrer Krankenbesuche bei Jean kennengelernt und war sicher, daß sie mich mehr aus Neugier als aus Sympathie einlud. Ihre Wohnung lag auf dem Weg zum Dolder und beherbergte vom vergoldeten Empire bis zum Büfett mit gotischem Aufsatz und Butzenscheiben eine Menge Stile, Troddeln und Spitzendeckchen. Sie liebte französische Bullis, von denen zwei zu ihren Füßen schnauften – genauso leibesfüllig wie Tante Marie selbst –, und sie liebte gutes Essen und Apéros.

Beim zweiten Ricard fragte sie mich, ob ich Jean heiraten wolle.

«Drehen Sie nicht so verlegen den Ascher, das Geklimpere macht mich nervös! Wollen Sie ihn heiraten – ja oder nein?»

«Ich habe noch nicht darüber nachgedacht.»

«Natürlich wollen Sie's, mein Kind, wären Sie sonst noch in Zürich?!»

Es war wie beim Verhör. Vor mir saß breit und schwarz der Hohe Gerichtshof, eingerahmt von zwei fetten Bullis mit grimmig vorgeschobenen Unterkiefern und vorquellenden Augen.

«Er muß doch ernsthafte Absichten mit Ihnen haben, wenn er Sie einlädt und seiner Familie präsentiert!» bohrte Tante Marie.

«Ich weiß wirklich nicht –»

«Ah –» Ihr Körper wabbelte ein wenig, als sie ihn in eine bequemere Lage schob. Dann trank sie ihr Glas bis auf die Eisstückchen leer und begegnete mir weniger energisch. «Sie sind nit die Erschte, wo ihm liebt und uff ihm ghofft hat. S'sind viele, viele Mädlis gsi –» Sie lauschte einem kleinen Rülpser nach, der sich – kaum befreit – auch schon in ihrem warmen, überladenen Zimmer verflüchtigt hatte.

«Jean ist der schönste Mann, den ich kenne, und der beste Mensch. Er ist ein ausgezeichneter Arzt – jetzt interessiert mich, ob er auch ein guter Liebhaber ist.»

Alte Damen sollten wirklich andere Interessen haben!

Ich schwieg. Man sagte von Tante Marie auch, daß sie gern klatsche, und nach einigen Ricards wußte sie sicher nicht mehr, was sie selbst gesagt hatte und was ich.

«Sie wissen also nicht, wie er als Liebhaber ist?»

«Gnädige Frau –»

«Oder möchten Sie nicht darüber sprechen?»

«Nein», sagte ich.

«Schade.» Tante Marie putzte ihren Rachen mit einem durch und durch schwyzerischen Satz, von dem ich kein Wort verstand. Ihre schlappen Jagdhundwangen hatten die Farbe intensiven Alpenglühens angenommen, und ich entnahm ihrem listigen Blick, daß sie das Thema Jean noch nicht zu verlassen gedachte.

«Ist er nun wirklich ein Heiliger, oder ist er der ausgekochteste Scheinheilige, der mir je begegnete!?»

«Eher ein Heiliger», sagte ich.

Sie blinzelte mich mitleidig an. «Armes, armes Mädchen!»

Ich widersprach nicht, denn Tante Marie hatte recht. Es macht auf die Dauer nicht glücklich, einen Heiligen zu lieben.

Der Nachmittag gestaltete sich wider Erwarten noch recht unterhaltsam. Tante Marie stellte keine Fragen mehr. Sie hörte auf, ein hoher Gerichtshof zu sein, sie soff, und ihre Bullis schnarchten, und ich zog mir unterm Tisch die engen Pumps aus.

Wir gackerten wie eine Farm legefreudiger Hühner, und als um sieben Uhr das Telefon klingelte und ich ranging, mußte ich mich verachten – denn meine Knie zeigten sich auch beschwipst.

«Wer ist dran?» fragte sie.

«Dein Neffe.»

«Ach, unser Heiliger Sankt –»

«Wie geht es dir, Jean? Hast du den Tag gut überstanden?»

«Fragen Sie ihn, ob er wirklich ein Heiliger ist!»

«Was hat Tante Marie eben gerufen?» fragte er.

«Ich soll dich herzlich grüßen.»

«Danke», sagte er, «grüß sie wieder.»

«Sie sollen ihn fragen, ob er ein Heiliger ist!!!» krähte Tante Marie.

«Was sagte sie? Ich verstand nur Heiliger –»

«Deine Tante sprach von den unheiligen Ricardos, die wir heute nachmittag getrunken haben.»

«Sie lügt!» schrie Tante Marie dazwischen. «Ich habe gesagt –»

«Jean», sagte ich so laut wie möglich dazwischen, «ich mache mich jetzt auf den Weg zu dir.»

«Warte noch zehn Minuten, Liebes, dann schicke ich dir den Wagen. Ich habe übrigens eine Überraschung für dich.»

«Sind wir etwa allein heute abend?» Denn das wäre die schönste Überraschung für mich gewesen.

«Nein. Schau, ich konnte meine Schwestern schlecht ausladen, heute ist doch unser Bridgetag. Aber wir werden trotzdem eine Gelegenheit finden, uns allein zu unterhalten. – Meine Überraschung ist anderer Art, Liebes.»

Ich hängte enttäuscht ein.

«Sie sind feige», sagte Tante Marie. «Sie haben ihn nicht gefragt, ob er ein Heiliger Sankt ist oder ob er nicht –»

Fünf Minuten später hupte es vor dem Hause. Ich zog meine ausgekühlten Schuhe an und nahm Abschied von Tante Marie. Ihr Mädchen brachte mich zur Tür. Es nieselte sacht auf den kleinen, gepflegten Vorgarten, durch den ich gehen mußte.

An Jeans Wagen lehnte ein Mann in kurzem Trenchcoat.

«Hallo», sagte er.

«Nein!» schrie ich.

«Doch», sagte er. «*Ich* bin die Überraschung.»

Der Mann war Paul Frank, und er war so wirklich wie eh und je.

«Was machen denn Sie in Zürich?»

«Habe geschäftlich hier zu tun. Wo soll ich Sie hinfahren? Ins Hotel oder zu Berner?»

«Eh – ich weiß nicht – ins Hotel», entschied ich mich endlich. Frank war unpersönlich und zurückhaltend wie ein Chauffeur, dem sein Chef aufgetragen hat, eine zufällige Eintagsbraut – von der er kein Trinkgeld erwartete – nach Hause zu bringen.

Ich knetete meine Daumenballen, heftig überlegend, ob mein Zorn über seine Nichtachtung nach dem Mißbrauch mehrerer Ricards noch die gewünschte Wirkung haben würde. Vielleicht war es das Vernünftigste, hoheitsvoll zu schweigen und meine Fahne aus dem heruntergekurbelten Fenster zu atmen.

Franks betont schweigende Nähe war beunruhigend, und ich spürte ein seltsames Gefühl im Rücken – ich spürte, wie Julchens Flügel langsam wieder schmolzen ...

Ich spürte noch mehr ...

Aber da war schon mein Hotel. Frank stieg aus, ging um den langen Kühler herum und öffnete den Schlag auf meiner Seite – betont devot wie ein Chauffeur.

«Muß ich Ihnen jetzt ein Trinkgeld geben?»

«Danke sehr, Frau Berner – oder noch nicht?» fragte er mit höflicher Ironie, ging um den Kühler zurück, öffnete den Schlag und –

«Frank!»

Wir sahen uns über das blankgewaschene Dach des Wagens an, in dem sich die Hotellichter spiegelten.

«Ja?» Sein Gesicht war aufreizend glatt.

«Büffel!»

«Julchen», lachte er. «Was will denn Julchen?»

«Mitfahren, bitte.»

Und also stiegen wir wieder in den Wagen und fuhren schweigend und sehr langsam durch den Regen.

Frank traf keine Anstalten, das Gespräch zu eröffnen, folglich mußte ich es tun.

«Was macht unser Film? Ist er fertig?»

«Ja.»

«Und?»

«Was – und?»

«Ist er gut geworden?»

«Sie werden ihn ja einmal sehen.»

«Nein», rief ich, «nie! Und ich wünschte, ich hätte ihn überhaupt nicht geschrieben.»

«Aber Julchen, wenn Sie das Buch nicht geschrieben hätten, wären wir uns kaum wiederbegegnet, und Sie wären ohne Ihren Zukünftigen geblieben. Wie stehen denn die Aktien, ist Julia mit ihrem Romeo zufrieden?»

«Natürlich.»

«Sind's nicht ein bißchen viel Montagues?»

«Frank!» mahnte ich.

«Das war schon immer der Fehler der Romeos – die Verwandtschaft», fuhr er unbeirrt fort.

«Ja», sagte ich deutlich, «Verwandtschaft kann ein Greuel sein. Ich kenne da einen reizenden Jungen von elf Jahren, aber einen Vater hat der!»

«Für den kann er nicht», lachte Frank. «Übrigens gefällt es Pips ganz gut im Internat, wenn nur das Lernen nicht wäre, das ihm zu wenig Zeit für Dummheiten läßt.»

Frank seufzte. «In seinem letzten Brief flocht er so ganz nebenbei ein, daß Bismarck auch einmal sitzengeblieben wäre. Das gab mir zu denken.»

Ich mußte lachen und fühlte mich auf einmal so leicht. Nachdem ich Frank Pips' Brief vorgelesen hatte, schwieg er einen Augenblick nachdenklich, dann sagte er: «Sie haben sich mit Ihrem leichtsinnigen Versprechen, ihn im Sommer mit an die Nordsee zu nehmen, etwas eingebrockt. Pips wird Sie beim Wort nehmen, ob Sie zu der Zeit in Zürich, Hamburg oder bei einem neuen Freund in China sitzen.»

Er lenkte den Wagen die ansteigende Villenstraße hinauf, in der Jean wohnte. Schon von weitem sah ich die Autos seiner Geschwister vor dem Hause parken.

«Frank», sagte ich, «es ist schön, daß Sie da sind.»

Er sah mich einmal kurz von der Seite an und dann wieder geradeaus, ohne etwas zu erwidern.

Die Damen tranken weißen Portwein und die Herren Whisky. Ich hatte Sprudel gewählt, denn Tante Maries Ricards spukten noch zu sehr in meinem Kopf.

Neben mir saßen Irene und Rosi auf einem breiten, weißen Ledersofa und unterhielten sich über die Zusammenstellung eines Menus, das Irene am nächsten Freitag auf ihrer Geburtstagsgesellschaft reichen wollte.

«Ich überlege, ob ich die Vorspeise fortlasse und dafür zwei Fleischgerichte auftrage», sagte sie gerade.

«Mageres Fleisch darf man jederzeit essen», mischte sich Maria ein, die mit dem linken Ohr der schwesterlichen und mit dem rechten der männlichen Unterhaltung folgte. «Statt Suppe reichst du am besten Früchte –»

«– oder rohe Karotten», hänselte Rosi.

Und so würde es immer sein, wenn Jean mich heiratete: keinen Abend ohne die liebe Verwandtschaft.

Gewiß, wenn man das große, elegante Zimmer und die malerisch darin vertupfte vornehme Gesellschaft betrachtete – feine Tuche, gepflegte Gesichter, ein zarter Hauch Eau de Cologne über allem (nur ich duftete mit «Engagement» aus dem dezenten Rahmen) –, wenn man uns also hier betrachtete, sahen wir genauso aus wie das zwanglos-gestellte Familienfoto auf der Gesellschaftsseite eines Journals. Und keiner ahnte, daß eine der Frauen auf dem weißledernen Sofa ein unsichtbares Kreuzchen trug. Eine der Frauen auf dem Sofa gehörte nicht «dazu», weil sie – all ihren ernsthaften Bestrebungen zum Trotz – niemals eine Dame werden würde. Diese Erkenntnis lastete schwer auf mir.

«Jean, Lieber, hältst du zu Grilladen einen schweren oder einen leichten Rotwein für richtiger?» fragte Irene.

Er sah von Franks Händen auf, die ihm gerade lebhaft etwas Filmtechnisches erklärten.

«Ich würde einen schweren dazu reichen», sagte er freundlich.

«Du hast noch gar nicht erzählt, wie das Konzert in der Tonhalle war», wandte sich Marias Mann an Irene.

Nach Tante Marie fragte mich niemand. Ich glaube, es war ihnen nicht recht, daß ich die alte Dame besucht hatte. Sie war doch nicht ganz fein.

Plötzlich wurden die Ricards in mir müde, und ich mußte gähnen, so heftig, daß das Familienidyll vor meinen Augen verschwamm. Als ich wieder klar gucken konnte, sah ich Franks stilles Grinsen auf mich gerichtet. Ich weiß nicht, wie es kam, aber plötzlich stand ich neben der Bar, und Frank hockte davor, ziellos Flaschen hin und her schiebend.

«Sie haben wirklich Pech mit Ihren Männern», sagte er halblaut in den Barschrank hinein. «Einmal kommt es nicht zur Verlobung, weil die Verwandtschaft stirbt – siehe Herrn Uri senior –, und das andere Mal kommt es wegen der allzu lebendigen Verwandtschaft nicht dazu.»

«Pschscht!» machte ich erschrocken.

«Right or wrong – my country», fuhr er leiser fort, «Recht oder Unrecht – meine Familie. Der Schweizer hat im allgemeinen viel Familiensinn, aber Jeans Sippe hat ihn im besonderen. Und das werden Sie auch nicht ändern können. – Halt, laufen Sie nicht gekränkt davon, ich bin noch nicht fertig. Arbeiten Sie gern im Haushalt?»

«Wieso?» zischelte ich wütend.

«Also nicht, nur wenn's unbedingt nötig ist. Kochen Sie gern? Ja, wenn Sie auf irgend etwas Schnuckliges Appetit haben, sonst macht's Ihnen keinen Spaß. Wecken Sie gern ein? Wie werden Sie denn, wo Apfelmus in Büchsen so billig ist!»

«Frank!»

«Erfreuen Sie sich an einem wohlgefüllten Wäscheschrank? Können Sie sich ganz Ihrem Haushalt und Ihrer Familie unterordnen und in Ihrem kleinen Kreis glücklich werden?»

«Frank, Sie sind –»

«Julchen, Sie passen nicht in Jeans Familie. Sie sind keine Hausfrau. Sie – ach, da fällt mir etwas anderes ein. Haben Sie Herrn Uri einmal getroffen, seitdem Sie hier sind?»

«Nein.»

Ich war mir selbst böse, daß ich noch immer neben ihm lehnte und mit nervösen Fingern an einer Blumenvase drehte.

«Sie haben wirklich Ihre Neugier bezwungen und sich nicht die Hieronymus-Kayser-Straße angesehen, in der er wohnt?»

Ich wollte mich endgültig von ihm abwenden und zu den anderen zurückgehen, da richtete er sich, die Hände auf die offenen Bartüren gestützt, in die Höhe.

«Es gibt übrigens gar keine Hieronymus-Kayser-Straße in Zürich», sagte er, bedächtig die Türen zuschiebend, «es gibt auch keinen Zoologen gleichen Namens.» Die Türhälften schnappten ineinander, und Frank sah mich mit seinem gewinnendsten Lächeln an, das er im allgemeinen sehr schonte. «Es gibt auch keinen Herrn Uri, nicht wahr?»

Mir war plötzlich aber gar nicht gut. Ich brauchte dringend einen Stuhl oder ein Mauseloch.

«Woher –?»

«Herr Frank», rief Irene hinter mir, «Sie haben uns noch gar nichts von Ihren neuen Filmplänen erzählt. Stimmt es, daß Sie bald zu Außenaufnahmen herkommen?»

«Wir werden am Genfer See drehen», antwortete er, noch immer gewinnend lächelnd.

Irgendwie fand ich zum Sofa zurück. Ich mußte es weicher in Erinnerung gehabt haben, denn ich prallte recht unsanft auf seine Sitzfläche. Rosi sah einen Augenblick von ihrer Stickarbeit auf und mich prüfend an. Ich war wohl etwas blaß geworden.

Meine Finger tasteten nach einer Zigarette, ich steckte sie aus Versehen am Filtermundstück an, und der erste teuflische Zug brachte mich zur Besinnung.

Wenn Frank gewußt hatte, daß in Zürich keine Straße Kayser hieß, dann mußte er auch von vornherein gewußt haben, daß es keinen Herrn Uri gab, denn der Hieronymus war seine Erfindung. Er hatte immer tapfer mitgelogen, er hatte sich auf meine Kosten blendend amüsiert, und – er vermied es jetzt leider, in meine Richtung zu gucken. Mein Mienenspiel funktionierte gerade so trefflich!

«Wann mußt du zurück?» fragte ihn Jean.

«Das hängt von meinen Geschäften ab. Vielleicht fliege ich morgen schon, vielleicht auch erst in ein paar Tagen.»

Um elf Uhr verabschiedeten wir uns. Rosis Mann wollte mich in mein Hotel fahren. Nur Frank blieb bei Berner zurück.

Wir standen auf der Diele, und Jean hob mein Gesicht besorgt zu sich empor. «Du siehst blaß aus, Juliette.»

«Mir ist auch nicht gut. Die vielen Ricards –»

«Ich werde dir ein Schlafmittel mitgeben», sagte er und ging in die Wohnung zurück. Seine Familie hatte sich bereits die Treppe hinuntergeschwatzt.

«Frau Thomas, kommen Sie?» rief Rosi von unten.

«Gleich!» Vor mir am Garderobenspiegel mit dem breiten, goldenen Mosaikrand lehnte Frank.

«Sie haben also alles von vornherein gewußt?»

«Alles», lächelte er. «Ich habe sogar Ihren Informationszettel gefunden – damals in der Raststätte auf dem Weg nach Heidelberg. Er fiel aus Ihrer Tasche, als Sie mit Pips der Diskretion zustrebten. Ich legte ihn heimlich in Ihre Handtasche zurück – um Ihnen eine Peinlichkeit zu ersparen.»

«Aber Sie waren gemein genug, mir nachher jede aufgeschriebene Frage zu stellen!»

«Nicht jede, bloß zwei.» Er begegnete meinem Zorn mit abbittendem Grinsen.

Ich war fertig mit ihm. Ich wollte ihn nicht wiedersehen. Niemals. Nur eine Frage sollte er mir noch beantworten. «Warum haben Sie damals bei Krämers den Hieronymus Kayser erfunden? Warum haben Sie für mich gelogen?»

Sein Grinsen vertiefte sich. «Wollen Sie es unbedingt wissen?»

«Sonst hätte ich Sie wohl kaum gefragt!»

«Gut.» Er löste seinen Rücken mit einem Ruck von der Wand. «Weil ich Sie schon damals liebte.»

Jeans Blicke flirrten verwundert zwischen uns hin und her, als er einen Augenblick später in die Garderobe trat. Ich lief rot an und fühlte mich ertappt, dabei hatte ich doch nichts Verwerfliches getan, nur etwas gehört, was meinem Zorn allen Wind aus den Segeln nahm, so daß sie schlapp und ratlos abwärtshingen.

«Hier sind die Tabletten. Du nimmst am besten zwei unzerkaut mit Wasser ein», sagte Jean.

Frank liebte mich!

«Wie bitte? Ach so, die Tabletten. Ich danke dir.»

«Frau Thomas!» rief Rosi ungeduldig herauf.

«Gute Nacht, Chérie!» Jean küßte mich auf die Wange.

«Gute Nacht, Juliane.» Frank küßte meine Hand.

Ich stolperte ohne einen Blick zurück die Treppe hinunter.

An diesem Abend verlängerte ich mein Romanmanuskript um keine Zeile.

«Liebe Große,

ich mache mir Deinetwegen viel Gedanken. Du bist jetzt schon mehrere Wochen in Zürich, schreibst selten, und wenn, dann über die Stadt. Es ist gewiß interessant zu erfahren, daß der Turm von St. Peter das größte Zifferblatt Europas und die Bahnhofstraße elegante Geschäfte hat. Ich würde aber viel lieber wissen, wie es Dir geht. Bist Du vielleicht nicht so glücklich, wie Du erwartetest, und wenn, warum kommst Du dann nicht zurück?

Julie, Du hast im Backfischalter niemals eine Schwärmerei gehabt. Du warst immer vernünftig und kühl denkend, auch in der Zeit, da Du Jürgen kennenlerntest. Dir ist das himmelhochjauchzende Verliebtsein erst in einem Alter begegnet, in dem die meisten Frauen ihre Lieben nicht mehr nur gefühlsbedingt wählen. Vielleicht bist Du jetzt ernüchtert und enttäuscht – vielleicht ist er enttäuscht –, ich kann's von hier aus ja nicht sehen.

Schau, Julie, ich hatte auch mal eine große Liebe, die im siebenten Himmel begann und auf dem harten Boden der Wirklichkeit nicht weiterleben konnte. Es war damals sehr schwer für mich, ihr Ende zu begreifen. Aber missen möchte ich sie nicht. Man braucht schöne Erinnerungen – man braucht sie besonders in der Zeit, wenn der Mann pensioniert wird und im Haushalt mithilft, o ja.

Wenn mit dem Jean nichts wird, dann hat's nicht sein sollen. Nimm ihn als schöne Erinnerung und sei nicht zu traurig. Und vor allem, Kind: Schreibe mir! (Dreimal unterstrichen.) Deine Mutti.»

Auf dem Wege zum Postamt vergaß ich meine eigenen Herzbeschwerden und überlegte heftig, wer auf den nachgedunkelten Männerfotos in Muttis Jugendalbum wohl ihre große Liebe gewesen sein mochte. Sie sahen sich alle so ähnlich mit ihren Schnurrbärten, Mittelscheiteln und Lodenmänteln. Aber war es denn ein Hauptmerkmal der großen Liebe, besonders auszusehen? Aussehen war doch nur wesentlich bei einem Schwarm. Tja, und wenn ich in der Richtung weiterdachte – persönlicher dachte . . .

Ich versicherte meiner Mutter per Eilpost, daß es mir gut ginge, mein seelisches Befinden keiner mütterlichen Sorge bedürfe und sie bald ausführlich von mir hören werde. Es ging mir – äußerlich gesehen – wirklich gut. Vor einigen Wochen war ich hergekommen, um mit geradezu überschwenglicher Fraulichkeit Jeans Gipsbein zu pflegen. Aber um diese Tätigkeit ausüben zu können, hätte ich drei Schwestern und eine Wirtschafterin – alle vier von der gleichen überschwenglichen Hilfsbereitschaft und Fraulichkeit beseelt wie ich – aus dem Weg räumen müssen. Davon hielt mich meine Gasthöflichkeit zurück, und also blieb mir nichts anderes übrig, als in einem Sessel zu sitzen und lauwarme Unterhaltung zu pflegen oder Spaziergänge zu machen, und wenn ich so weiterlebte, würde ich mir eines Tages die Fäuste an dieser gepflegten Eintönigkeit wundschlagen oder – milde lächelnd innerlich sterben.

Ich brauchte wieder Arbeit, Pflichten und das Gefühl, zu etwas nütze zu sein. Es kribbelte in meinen untätigen Fingern und im Gewissen, als ich gegen Mittag zu Jean fuhr, um ihn zum Essen abzuholen.

Seine Praxis lag in einem großen Neubau in der City. Sie umfaßte eine halbe Etage voll Licht, blitzenden Apparaten und einer geradezu unwohnlichen Hygiene. Die Schwester, die mir öffnete, sah vor allem bazillenfrei aus. Sie begrüßte mich mit einem Gemisch aus beruflicher Höflichkeit und privater Skepsis – sicher hatte sie schon eine Menge Undurchsichtiges über mich gehört.

Es waren noch zwei ältere Damen im Wartezimmer. Ihre ärmliche Kleidung beruhigte mich, sie zeigte, daß Jeans blinkende Praxis nicht nur für die dicken Scheckbücher gebaut worden war.

Ich blätterte geistesabwesend in einem Journal, las flüchtig Bildunterschriften, las auf einer Filmseite bereits den dritten Text, bis ich begriff, daß die dazugehörigen Fotos Szenenbilder aus «meinem» vermaledeiten Film darstellten.

Eins zeigte einen Ausschnitt aus einer Zahnarztpraxis. Auf dem Behandlungsstuhl lag ein Mann – verrutschter Hinterkopf, angezogene Knie, abwehrende Hände. Über ihn beugte sich – treffend ähnlich meinem Onkel Julius – der Arzt, neben ihm standen ein schöner Mann und eine junge Dame in weißem Kittel, die verklärt zu ihm auflächelte.

Haargenau so war es damals gewesen – oder vielmehr: so hatte ich es gesehen. Büffel lächerlich, zerzaust und feige, Jean halbgotthaft . . . Ich war plötzlich bitterböse mit Paul Frank, weil er sich bei der Gestalt des Büffel mit geradezu liebevoller Selbstverspottung an das Drehbuch gehalten hatte.

Ich war böse, weil ich ihn heute so ganz anders sah.

«Juliette!»

In der Tür zum Sprechzimmer stand Jean. Er lächelte auf mich herab, als ich das Heft zuklappte und ihm entgegenging. Und alles, was in mir Backfisch war, schlug noch einmal Wellen. Das mochte an seinem weißen Kittel, der bekömmlichsten aller Berufskleidungen, liegen.

«Juliette, mein letzter Patient an diesem Vormittag.»

Ja, dachte ich, und die Wellen beruhigten sich, und ich konnte ihn ohne beschleunigtes Herzklopfen betrachten wie eine antike Statue etwa oder ein gut durchgezüchtetes Pferd. Sein letzter Patient an diesem Vormittag. Ich war immer nur·ein – Patient für ihn gewesen, das begriff ich in diesem Augenblick und war bis auf die Knochen ernüchtert.

Ein Patient mit Liebeskummer, den er gratis bis zu seiner totalen Genesung behandelte ...

«Komm herein.» Er zog die gepolsterte Tür lautlos hinter uns zu und bot mir seinen Besuchssessel an, dessen eiskalte Stahlrohrarme mich jedesmal erschreckten, wenn ich sie berührte. Er selbst setzte sich hinter seinen Schreibtisch, legte die gefalteten Hände auf das Patientenbuch und sah mich freundlich an.

«Ich muß mit dir sprechen», begann ich, «aber es ist sehr schwierig, einen Anfang zu finden.»

«Soll ich fragen? Also – Frau Thomas, wo tut's uns denn weh?»

«Nirgends und überall, Herr Doktor, das ist ja das Schlimme.»

«Seelenrheuma?»

«Möglich.»

Er betrachtete mich einen Augenblick ernsthaft, dann reichte er mir seinen Füllhalter über den Tisch. «Komm, spiel damit, vielleicht spricht es sich dann leichter.»

Es war ein goldener Parker 51 – das werde ich nie vergessen. Ich schraubte ihn auf und zu, auf und so fest zu, daß er nicht mehr aufging.

«Warum hast du mich eigentlich nach Zürich kommen lassen?» begann ich.

«Du hast es dir doch gewünscht.»

«Ich habe mir gewünscht, daß du mich aus rein egoistischen Gründen rufst – zum Beispiel aus – aus Sehnsucht?» Beschämt stellte ich fest, daß ich meine Beichte auf eine ganz billige Weise – mit Vorwürfen – einleitete.

Jean betrachtete mich mit dem gütigen Ernst eines weisen, alten

Mannes, der alles versteht und den nichts mehr berührt. Dann sagte er: «Ist es jetzt noch wichtig, aus welchen Beweggründen heraus ich dich einlud? Glaubst du denn, Juliette, ich wüßte nicht, was dich bedrückt?»

Mein nasser Regenschirm fiel polternd zu Boden, als ich aufsprang, um den Schreibtisch herumlief und mich auf seine Sessellehne setzte. Es war das erste Mal, daß ich Jean von oben sah.

«Ich werde dich immer liebhaben – auf eine feierliche Weise», beteuerte ich hastig.

Dies war gewiß ein Kompliment, das man eher einem Säulenheiligen als einem gutaussehenden Mann von fünfunddreißig Jahren machte, aber Jean beanstandete es nicht.

«Du bist zu gut für mich, zu fehlerlos –» stotterte ich.

«Sag lieber – zu langweilig», verbesserte er mich lächelnd und unterbrach meinen höflichen Protest, indem er seine Hand auf meinen Mund legte. Dann sagte er leise und eindringlich: «Chérie, allzuviel Höflichkeit läßt uns manchmal unverzeihliche Fehler begehen. Du sollst jetzt nur an dich denken und dich in keiner Weise – in keiner, hörst du? – mir gegenüber verpflichtet fühlen.»

Mir gelang keine Antwort, nur ein fahriges Zupfen an seinem Ärmel.

Ich wollte ihn fragen, ob es ihm gleichgültig sei, wenn ich ihn verließ, aber nach einem Blick in sein versonnen lächelndes Gesicht erschien mir meine Frage überflüssig. Jean war Arzt, Bruder, Onkel, Freund – er hatte mich nicht anders lieb als seine Schwestern und Nichten, und ich glaube, in St. Moritz hatte er nur darum den Verliebten gespielt, weil ich es mir so sehr wünschte und er mir eine Freude hatte machen wollen.

Diese Erkenntnis – so sehr sie mein Gewissen erleichterte – tat doch ein bißchen weh.

«Montag fahre ich nach Hamburg zurück», sagte ich nach einem langen, nachdenklichen Schweigen. «Ich bin ganz hungrig nach Arbeit, und – ich brauche Abstand – zu euch allen.»

Jean nickte. «In den Sommerferien reist du dann mit Pips an die Nordsee», erinnerte er.

«Ja.»

«Ich fürchte, Frank wird euch nicht allein fahren lassen.» Ein kurzer Blick traf mich aus seinen Augenwinkeln.

Ich wurde rot und stand auf. «Wir müssen jetzt zum Essen, Jean.»

Ich hoffte, Frank sei ausgegangen, denn ich wußte nicht, wie ich ihm nach dem gestrigen Abend begegnen sollte. Es war sicher das beste, so zu tun, als ob wir uns gar nicht unterhalten hätten.

Jean schob mich vor sich her die Treppe zu seiner Wohnung hinauf. Je weniger Stufen vor uns lagen, um so kräftiger mußte er schieben. «Angst, Juliette?»

«Ih – wovor denn?»

«Eben. Es ist doch alles so einfach, man muß nur den Mut haben, nach seinem Herzen zu handeln – und ich weiß aus Erfahrung, daß du ihn hast, auch wenn dich dein Herz einmal einen falschen Weg führt», fügte er hinzu.

Aber ich wußte im Augenblick nicht sicher, was mein Herz wollte. Es war zaghaft geworden. Noch fühlte es sich – trotz Jeans eindringlichen Worten – verpflichtet, an ihm zu hängen, und stand dem plötzlichen starken Gefühl für Frank skeptisch gegenüber.

Aber wenige Minuten später zerschlug ein furchtbarer Schreck seine Zaghaftigkeit: Frank war nicht zu Hause, hatte auch keine Nachricht hinterlassen.

«Er wird doch nicht abgereist sein?» Ich stürzte in das Zimmer, in dem er die Nacht geschlafen hatte. Es war so peinlich aufgeräumt wie ein Ausstellungsraum in einem Inneneinrichtungsgeschäft, und unpersönlich wie ein unvermietetes Hotelzimmer. Keine Pantoffeln, kein Morgenrock, keine Reisetasche . . . aber trotz des weitgeöffneten Fensters hing noch ein Hauch Frank in der Luft – Zigarettendunst, ein wenig Yardleyöl und jener Duft, der ihm immer angehaftet hatte – der angenehme Geruch eines gesunden, sonnenwarmen Körpers.

«Er ist fort!» schrie ich Jean zu, der im Wohnzimmer am Fenster stand und in den Regen träumte. Er wandte sich langsam um und sah mich mit seinem verständnisvollen Lächeln an.

«Geht jetzt mittags ein Flugzeug?»

Aus der Jackentasche zog er den Autoschlüssel und reichte ihn mir. «Aber fahr vorsichtig, Juliette.»

Im Vorgarten stieß ich mit Rosis Sohn zusammen. Er streckte mir höflich seine Hand hin, aber ich hatte keine Zeit, ihn zu begrüßen. Als ich einstieg, öffnete sich oben im Haus das Badezimmerfenster.

«Juliette!» rief Jean. «So warte doch, Büffel ist –»

Aber ich wartete seine Worte nicht ab, sondern klappte die Wagentür hinter mir zu und raste die steile Straße hinunter. Die Reifen plitschten durch Pfützen. Für den Bruchteil einer Sekunde sah ich eine alte Frau, die mit erhobenem Regenschirm hinter mir her drohte.

Mein ungeduldiges Hupen an den Straßenkreuzungen jagte Panikstimmung zwischen die Fußgänger. Aber ich fuhr Jeans Wagen, der stadtbekannt war. Man konnte annehmen, er befinde sich auf dem Wege zu einem besonders dringenden Fall.

Und das stimmte ja auch. Ich mußte Frank noch erreichen, ehe er abflog. Ich sah ihn deutlich vor mir – den kurzen Trenchcoat über seriösem Flanell, im Gesicht einen tiefernsten, doch gefaßten Ausdruck: er war ein Mann, der seelischen Schmerz tapfer zu tragen wußte – im Gegensatz zu Zahnweh. Frank durfte nicht fort, ehe ich ihm gesagt hatte, daß der Backfisch in mir tot war und die Frau zu regieren begonnen hatte, die Frau, die ihn liebte, ihn und nur und nur ihn ...

Auf einmal war ich in einer Gegend, die ich nicht kannte. Eine ruhige Straße mit hohen Mauern, über die tropfende Büsche hingen. Ein Spitz mit verregnetem Fell war das einzig sichtbare Lebewesen. Leider konnte ich ihn nicht fragen, ob dieser Weg zum Flugplatz Kloten hinausführte. Einen Augenblick saß ich still überlegend da, und diesen Augenblick nutzte mein so lange vernachlässigter Verstand, um sich schüchtern zu Worte zu melden.

«Julchen», sagte er, «Jean hat dir etwas nachgerufen, als du so kopflos wie gefühlvoll davon jagtest. Vielleicht hat er gerufen: Büffel ist noch nicht abgereist. Sein Necessaire liegt im Bad!»

Manchmal hatten sich die Überlegungen meines Verstandes als richtig erwiesen, darum widersprach ich ihm nicht, wodurch er sich zu der ganz allgemein gemurmelten Bemerkung: «Julchen, du brauchst ein Kindermädchen!» ermutigt fühlte.

Gemäßigten Tempos kreuzte ich durch die Gegend, bis sie mir wieder bekannt wurde. Als ich an einem Postamt vorbeifuhr, kam mir ein Gedanke, den ich am nächsten Tage noch grausam bereuen sollte: Ich gab ein ausführliches Telegramm gewagten Inhalts an Pips auf.

Der Beamte schmunzelte ein bißchen in den ungleichen Bartspitzen, als er den Text – jedes Wort mit der nadelfeinen Spitze seines Bleistifts betupfend – nachlas.

Die Würfel waren gefallen, das spürte ich. Es gab jetzt nur noch zwei Lösungen für mich – eine wunderschöne und eine entsetzlich peinliche.

Ich stieg wieder in den Wagen und fuhr weiter. Am Paradeplatz sah ich Frank. Er schlenderte gemächlich an den Geschäften entlang, betrachtete die Auslagen, sah sich nach einer jungen Frau mit einem Kind an der Hand um – und sah auf keinen Fall seelisch verwittert und so aus, wie ich ihn mir auf dem Flugplatz vorgestellt hatte. In seinem

Regenmantel und dem flachen, hellen Hut unterschied er sich in nichts von den übrigen Straßenpassanten. Und ich mußte plötzlich an die große Liebe meiner Mutter denken, die auf irgendeinem der Fotos in ihrem Jugendalbum abgebildet war und sich durch keine Besonderheit von den übrigen vergilbten Männerbildern unterschied.

«Hallo, Julchen», grinste er freundlich, als ich auf ihn zulief.

Seinetwegen hatte ich mit Alarmhupen Zürichs gesittetes Schweigen zerrissen, alte Frauen naßgespritzt, das Leben argloser Dammüberquerer und mein eigenes gefährdet, und er begrüßte mich mit einem trägen: «Hallo, Julchen!»

Seine Gelassenheit schlug den letzten Funken Erregung in mir aus.

«Ich wollte gerade zum Friseur, und da sah ich Sie.»

«Zufall, nicht? Alsdann – lassen Sie sich hübsch machen.» Er wollte weitergehen, aber ich hielt seinen nassen Ärmel fest.

«Es regnet doch so. Kann ich Sie ein Stück im Wagen mitnehmen?»

«Ihre Besorgnis ehrt mich, Julchen. Aber wenn ich mir einen Schnupfen hole, lasse ich mich von Berners Schwestern pflegen.»

Es gelang ihm nicht weiterzugehen, ohne mich über den Haufen zu rennen. Ich stand eisern vor ihm.

«Büffel!»

Jetzt blickte er eine Spur verwundert auf mich herab.

«Haben Sie noch was auf dem Herzen, Julchen?»

«Ja.»

«Was denn?»

«Dich», wollte ich sagen, aber mir fehlte plötzlich der Mut dazu. Und dann die Umgebung mit all ihren nüchternen Leuten und Regenschirmen . . . und vor allem war es viel zu hell für derart heikle Geständnisse, wie sie mein Herz bedrückten.

«Wir sehn uns sicher heute abend», sagte ich und ging zum Wagen zurück. Und er kam mir leider nicht nach.

Wir sahen uns am Abend. Und Jean Berner war dabei. Er zeigte uns, tapfer humpelnd, das Nachtleben, das in Zürich aufhört, wenn es in anderen Großstädten beginnt. Selten hat ein Nachtleben so zerstreute, schweigsame Leute erlebt wie uns. Dabei haben wenige Städte so reizende Lokale wie Zürich.

Ich sah nichts von meiner ständig wechselnden Umgebung. Ich sah auch die beiden Männer nicht an. Aber ich spürte sie – o Gott, wie ich sie spürte. Links die lächelnde, harmonische Landschaft Jean – rechts den düster brodelnden Vulkan Büffel.

Und dann tanzten wir.

Frank hielt mich so bewußt vorsichtig und weit von sich entfernt wie einen frisch gekitteten Gegenstand. Aber ich hatte es endlich satt, ein vorsichtig behandelter Gegenstand zu sein.

Ich sah mit einem Ruck zu ihm auf, und sein Blick verharrte zweifelnd in meinen Augen: er glaubte nicht an das, was er in ihnen las.

«Es stimmt aber!» sagte ich, und das war das einzige, was während dieses Tanzes gesagt wurde. Das andere fühlten wir.

Es war ein mächtiges Gefühl, stärker als alle Gedanken und Bedenken, es neigte unsere Körper gleichzeitig einander zu und löschte die Umgebung aus. Es gab nur noch Franks Atem an meinem Ohr, den schmerzhaften Druck seiner Arme, das Schlagen seines Herzens an meinem Dekolleté und ein seltsames, erregendes, ein unbeschreibliches, wunderschönes Schwindelgefühl. Ich werde es nie, niemals vergessen, obgleich es nur eine Minute währte. Dann tauchten aus dem roten Nebel, der uns umgab, neugierig-erstaunte Gesichter. Franks harter Griff lockerte sich. Nach einem hilflosen, von ihm zärtlich belächelten Stolpern fanden meine Füße wieder den Takt, und wir tanzten schweigend und so, wie es sich gehört, bis zum Verstummen der Musik.

Bald danach brachen wir auf. Berner ging mit mir voraus zum Wagen, während Frank die Rechnung beglich.

Es hatte aufgehört zu regnen, und die Nachtluft duftete zart und frisch.

«Jean, lieber Jean», sagte ich beklommen.

«Eine schöne Nacht, nicht wahr?» erwiderte er, tief Luft holend, und drückte meinen ihn stützenden Arm. Und da wußte ich, daß ich ihm nichts mehr zu sagen brauchte. Sein leichter, verstehender Druck war eine Blankoversicherung seines Einverständnisses für alles, was ich dachte, fühlte und noch unternehmen mochte.

Er hätte wirklich als lieber, freundlicher Gott geboren werden müssen!

Der nächste Tag war wie Jean – klar, sauber, warm und temperamentlos. Es war ein fehlerloser Sonntag – was das Wetter anbetraf.

Als ich gegen Mittag Berners Wohnzimmer betrat, spürte ich sofort, daß die mit Vogelzwitschern angefüllte warme Heiterkeit haarscharf vor den geöffneten Schiebefenstern abbrach.

Auf dem weißen Sofa saßen Maria und ihr Mann, Frank lehnte am Fensterbrett zwischen Topfpflanzen, nur Jean kam mir herzlich entgegen. Doch sein heiterer Ton bei der Begrüßung vermochte die gespannte Stimmung der anderen nicht zu lösen.

Ich las in Marias Augen die neugierige Verachtung, die Damen der Gesellschaft Damen, die gegen die festgesetzten Regeln dieser Gesellschaft verstoßen, entgegenbringen. Ihr Mann sparte sich die Verachtung und beschränkte sich auf reine Neugier. Und hinter Franks ernsthafter Miene tanzten hundert kleine rote Teufelchen.

Irgend etwas Außergewöhnliches war vorgefallen, wovon ich nichts wußte, woran ich jedoch die Schuld zu tragen schien. Waren etwa gestern abend Freunde Marias in der Bar gewesen und hatten jenen starken Augenblick der Schwäche miterlebt, als mein Kopf – wie eine Nadel von einem Magnet angezogen – gegen Franks Schulter fiel!?

Schuldbewußt setzte ich mich nicht zu den anderen, sondern auf einen abseits stehenden Stuhl – auf die Anklagebank. Und wartete zitternden Herzens ab.

«Juliette», begann Jean mit so viel Entschuldigung in der Stimme, daß ihm Maria einen entrüsteten Blick zuwarf, «es ist uns allen sehr unangenehm, aber wir haben es nur aus Besorgnis getan.»

Es war vorwurfsvoll still um mich. Nur am Fenster wurde ein leichtes Gegeneinanderreiben von Tuch hörbar, als Frank ein Bein über das andere legte und sich reckte. Ich schaute vorsichtshalber nur bis zum obersten Knopf seiner hellen Weste – aus Angst vor den Teufeln in seinen Augen.

«Was habt ihr getan?»

«Vor einer halben Stunde kam ein Telegramm von Pips. Für dich.»

Du Grundgütiger! Vor mir drehte sich das Zimmer. Ich hatte gestern nachmittag an Pips gedrahtet und dabei mit keinem Gedanken erwogen, daß auf eine telegrafische Frage auch eine telegrafische Antwort folgen, daß diese nicht an die Adresse meines Hotels, sondern an Jean gerichtet werden konnte!

«Ihr habt es geöffnet?»

«Freilich», rief Maria angriffslustig. «Wenn ein elfjähriger Junge telegrafiert, ist gewiß etwas Furchtbares passiert, das man nicht früh genug erfahren kann.»

Frank zog das Telegramm aus der Hosentasche. «Soll ich es vorlesen?»

«Geben Sie her!» Ich war mit drei fliegenden Schritten am Fenster und entriß es ihm. Meine Wangen hatte die glühende Scham so anschwellen lassen, daß ich kaum über sie hinweg auf das Telegramm blicken konnte, das da lautete:

«liebe frau thomas stop bin mit ihrem vorschlag einverstanden stop sie können gerne meine mutti werden wenn ich dann wieder nach hause darf stop benachrichtigen sie paps von unserem entschluß stop ich werde gleich packen stop muß nun schließen sonst wird das telegramm zu teuer und zu lang stop habe mir von köchin das geld dazu gepumpt stop viele grüße dein helge pips stop.»

Das Telegramm zitterte in meiner Hand wie ein Pappelblatt im Wind.

Es war entsetzlich!!! Nicht Marias und Jeans Anwesenheit störten mich, aber daß Frank den Inhalt des Telegramms erfahren hatte . . . ja, war ich denn wahnsinnig gewesen, als ich an Pips die Frage telegrafiert hatte, ob ich seine Mutter werden dürfe? Ich wußte doch gar nicht, ob . . . Frank hatte zwar gesagt, daß er mich liebte, er hatte mich gestern abend fühlen lassen, wie sehr er mich begehrte, aber das bedeutete bei einem Mann wie ihm noch lange nicht, daß er mich auch heiraten wollte. Diese Blamage, diese . . . Da keine alles auslöschende, gütige Ohnmacht über mich kam, mußte ich nach dem einzigen greifen, was einem zu Recht oder Unrecht verurteilten Angeklagten bleibt: nach Haltung.

«Ich kann nichts dafür, daß Sie das Telegramm gelesen haben», sagte ich, sie alle der Reihe nach trotzig anblinzelnd – auch Frank, den ich in diesem Augenblick haßte, weil er mir nicht hilfreich beisprang wie damals, als er den Hieronymus Kayser erfand und – weil ich mich vor ihm zum x-tenmal so schändlich blamiert hatte. «Es war an mich gerichtet und ging nur mich etwas an.»

«Und mich auch noch ein bißchen – oder?» fragte er höflich.

«Bitte, entschuldigen Sie mich jetzt», sagte ich, seine Bemerkung überhörend, und schaffte es, ohne zu stolpern zwischen all den sehr lebendigen Blicken hindurch zur Tür zu gelangen.

Im Garten zwitscherten unzählige Vögel in den Kastanien. Es war auf einmal so totenstill in mir, daß ich ihr unbeschwertes Konzert vernahm und sogar einen Wunsch verspürte: ein kleiner, des Telegrafierens unkundiger Piepmatz in einer Zürcher Kastanie zu sein, der schilpen durfte, wenn ihm nach Schilpen zumute war, und kräftig um sich hackte, wenn andere Spatzen seine ureigensten Angelegenheiten öffentlich breittrippelten.

Auf einmal war Frank neben mir, und so rasch ich auch gehen mochte, er brauchte mit seinen langen Beinen den schlendernden Gang eines sonntäglichen Spaziergängers nicht aufzugeben, um auf meiner Höhe zu bleiben.

«Ein zauberhafter Tag, nicht wahr?»

«Ach, lassen Sie mich in Ruhe!» schrie ich ihn an.

«Pscht, Julchen, die Leute! Maria steht gewiß hinter der Gardine im Badezimmer und folgt uns mit Augen und Ohren – was ich an ihrer Stelle auch tun würde. Denn so eine hübsche Szene wie die eben wird sie so bald nicht wieder erleben.»

«Seien Sie ruhig, Frank!»

«Also Sie wollen mich heiraten. Und Pips ist einverstanden», fuhr er im Tone friedlicher Konversation fort. «Nett, daß wenigstens er daran gedacht hat, mich von eurem Entschluß zu benachrichtigen. Ich muß sagen, ich war recht überrascht – bleiben Sie hier, Julchen!» Er ergriff meinen Arm – und ohne Arm konnte ich schlecht davonlaufen.

«Oh, Frank, Sie hundsgemeiner Kerl –»

«Bin ich vielleicht. Aber du willst mich trotzdem heiraten, nicht wahr?» Er schob mich auf den Lancia zu, der in der Sonne funkelte. «Steig ein, mein Kind. Nein, heute fahre ich. Du bist in den letzten Monaten zuviel falsch gesteuert – nicht nur mit gepumpten Wagen.»

Wir glitten über das leise schwankende Helldunkel von Baumschatten und Sonnenflecken die Straße hinunter. «Es war manchmal zum Wahnsinnigwerden, daß du dumme, verbohrte Person nicht einsehen wolltest, zu wem du gehörst.»

Ich schwieg.

«Monatelang mußte ich geduldig wartend zusehen – und wie schwer mir das gefallen ist!»

Ich schwieg darauf glücklich.

«Aber ich gab die Hoffnung nicht auf, daß du dumme, verbohrte Person eines Tages aufwachen und selbst erkennen würdest, daß Berner zwar der liebste, beste Mensch von der Welt, aber kein Mann für Julchen Thomas ist.»

Und wie ich noch immer schwieg!

«Übrigens habe ich nichts Geschäftliches in Zürich zu tun. Ich bin nur gekommen, um die dumme und so weiter Person mit den verspäteten Backfischgefühlen nach Hause zu holen. So, jetzt habe ich fast alles gesagt, was ich sagen wollte. Jetzt telegrafieren wir gemeinsam an Pips.»

«Büffel!» Ich legte meine Hand auf seinen Arm. «Geliebter Büffel –»

Eine winzige Bahn brachte uns einen Berg hinauf.

Hinter den klappernden Fenstern schoben sich duftige Wälder zwischen sanft ansteigende Matten mit Sennhütten und friedlich grasendem Rindvieh.

Es war eine Landschaft – so farbig und lieblich wie auf den Umschlägen von Schweizer Vollmilchschokoladen. Aber sie entfaltete ihre satte Schönheit umsonst für uns und die übrigen Fahrgäste, die mißbilligende Blicke in unsere Richtung warfen: wir lenkten ihr Interesse zu sehr vom Panorama ab.

Wir benahmen uns nämlich nicht ganz extra.

Frank meinte dagegen, wir hätten uns viel zu lange extra benommen, deshalb . . .

Er flüsterte törichte, unverschämte und feierliche Zärtlichkeiten – so, wie sie ihm gerade vom Gefühl diktiert wurden – in mein Ohr.

«Wenn du nur nicht so penetrant duften würdest», sagte er einmal.

«Ich habe alle Zürcher Verlobung, die noch in der Flasche war, über mich verteilt! Du hast sie doch hoffentlich nicht schon über?»

«Nur als Duft», sagte er und dann: «Juliane!» – nicht «Julchen», mit einem herrlich erregenden, untersten Unterton in der Stimme, «ich möchte dich jetzt –»

«Ach, bitte, tu's doch.»

Wir taten es selbstverständlich nicht.

Das Bähnchen hielt mehrere Male, und einmal stiegen wir aus. Ein Boy brachte meine Koffer ins Hotelzimmer. Ich wusch die Bahn von meinen Händen und ging zu Frank hinunter, der mich auf der Terrasse erwartete.

Als er mich sah, warf er die eben angerauchte Zigarette fort und kam mir entgegen. Auf seinem sonnenbraunen Gesicht vertiefte sich ein flüchtiges Lächeln zu Zärtlichkeit, einer Zärtlichkeit, die nicht bernerhaft sanft und milde schimmerte, sondern lebendig und besitzergreifend war und mich – ob ich wollte oder nicht – magnetisch anzog. Aber ich wollte ja – von ganzem Herzen.

Wir standen noch eine Weile im unwirklichen Licht der Dämmerung. Und plötzlich fror ich an meiner rechten Seite. Weil dort kein

Junge mit verschnittenem blondem Haar und breiten Augen und kurzer Nase und beängstigend ausgeprägtem Selbstbewußtsein stand.

«Du sollst nicht so viel denken», sagte Frank, «nicht einmal an mich, wenn ich bei dir bin.»

«Ich habe aber an Pips gedacht.»

«Du sollst heute auch nicht an Pips denken. Muttergefühle heb dir für morgen auf.»

Wir sahen uns an und erinnerten uns noch rechtzeitig an die interessierten Blicke aus dem Hotelrestaurant. Und guckten auf die Landschaft. Wir hatten ja noch soviel Zeit für uns. Ein schönes Gefühl, viel, viel Zeit zu haben ...

Unter uns verschluckte ein dichtes, in sich schwimmendes Nebelmeer die Erde, und darüber zeichneten sich die Berge scharf in den verblassenden Abendhimmel. Es sah genauso aus wie auf Jeans Ansichtskarten vom – ach, richtig, bald hätte ich zu erzählen vergessen: wir befanden uns auf dem Rigi.

Punkt.